EN TOUTE IMPUNITÉ

Paru dans Le Livre de Poche :

L'APPARITION DES ESPRITS *suivi de* LE VÉRITABLE AMOUR

LA DORMITION DES AMANTS

MOI QUI N'AI PAS CONNU LES HOMMES

L'ORAGE ROMPU

ORLANDA

LE PASSAGE DES ÉPHÉMÈRES

LA PLAGE D'OSTENDE

RÉCIT DE LA DERNIÈRE ANNÉE

JACQUELINE HARPMAN

En toute impunité

ROMAN

GRASSET

ISBN : 2-253-11485-5 – 1re publication – LGF
ISBN : 978-2-253-11485-7 – 1re publication – LGF

À l'architecte Pierre Puttemans,
qui m'a très attentivement supervisée.

I

Il y a toujours dans les passions une sorte de naïveté qui surprend. L'amant qui va au crime est étonné qu'on ne le comprenne pas, il voudrait même qu'on l'approuve. Qu'aurais-je pu faire d'autre ? dit-il, j'avais tout perdu. On lui parle de renoncement, de résignation, il a l'air perplexe, ces mots-là avaient peut-être du sens avant, et ailleurs. On l'arrête, on le juge, on le condamne : il n'y entend rien. Un prêtre lui propose les remords, il sera absous par la justice de Dieu, sinon par celle des hommes : il ne sent pas qu'il soit coupable.

Aussi lui semble-t-il naturel de n'être jamais soupçonné et de suivre le cours tranquille d'une vie apparemment innocente.

⁂

Je rentrais de F*** où j'avais eu à faire. La nuit était assez claire. Pour me distraire je regardais la lune en tentant, ce devait être la millième fois, de retrouver le moyen mnémotechnique qui permet de savoir si elle est en phase ascendante ou descendante, et je commençais à me demander si je ne m'étais pas trompé de chemin au carrefour précédent, car il me semblait que j'aurais dû être arrivé à l'autoroute depuis un moment. C'est alors que le moteur se mit à faire des bruits inquiétants. Je ne connais rien à la mécanique, je tentais de me rassurer avec l'idée que ma voiture était presque neuve quand plusieurs lampes s'allumèrent sur le tableau de bord. Je savais que la batterie de mon téléphone portable était vide. C'était trop, je me sentis guetté par un fou rire nerveux. Je ne pouvais que continuer à avancer aussi longtemps que possible en espérant arriver dans une région plus habitée que la campagne déserte où je roulais depuis un quart d'heure.

Je me rendis compte que la lumière des phares faiblissait. La panne complète s'annonçait. Il y avait quelques centaines de mètres que je longeais un mur de pierres couvert par endroits de ronces, c'était peut-être l'enceinte d'une grande propriété et j'hésitais à m'arrêter quand tout s'éteignit. La voiture avança encore un peu sur sa lancée, puis s'immobilisa doucement.

Pour ce que j'en savais, j'étais au milieu de nulle part, entre ailleurs et ailleurs. À F*** le dîner un peu trop arrosé s'était terminé tard, j'avais eu envie de faire le tour de la ville – en voiture, évidemment, je n'aime pas marcher seul – pour laisser retomber mon alcoolémie avant de prendre la route, mais je m'étais contenté de passer cinq minutes dans une librairie encore ouverte où j'avais vu un titre alléchant : *Le Bonheur dans le crime*. Il y avait longtemps que je n'avais pas relu l'admirable nouvelle de Barbey d'Aurevilly, j'avais donc acheté le livre et je m'étais tout de suite mis au volant. Je le regrettais : la panne fût peut-être survenue dans les faubourgs, près d'un garage.

Maintenant, il était minuit, il faisait froid et je n'avais, naturellement, plus de chauffage. Je n'allais pas rester assis à grelotter jusqu'à l'aube. Je soupirai, pris ma veste et mon sac de voyage, rangeai ma serviette dans le coffre, fermai les portières et me mis en route.

J'arrivai assez rapidement à un portail de fer forgé dont je vis, avec soulagement, qu'il n'était pas verrouillé. La poignée tournait souplement, le battant glissa sans grincer et je me trouvai dans une vaste cour pavée. Il faisait assez clair pour que je pusse distinguer une longue bâtisse blanche flanquée de part et d'autre de constructions plus basses. La chance tournait, après la malencontreuse panne il semblait que j'étais arrivé dans un domaine bien tenu, où peut-être régnaient encore d'anciens usages d'hospitalité. J'avançai d'un pas incertain, me demandant comment m'annoncer quand, à ma gauche, une porte s'ouvrit, laissant passer un faisceau de lumière qui m'éblouit. Je portai machinalement la main à mes yeux.

– Mais qui êtes-vous ? Que faites-vous là ?

C'était une voix de femme, jeune et plus intriguée qu'inquiète.

– Je suis le voyageur égaré, en quête de repères, qui arrive au milieu de la nuit, dis-je d'un ton enjoué.

Sans doute la jeune femme poussa sur quelque commande : plusieurs lampes s'allumèrent. Elle portait une blouse blanche semblable à celles des médecins, ouverte sur un tee-shirt, et des jeans.

– Vous êtes à la Diguière, dit-elle, comme s'il était évident que cette dénomination m'instruirait.

– Je n'habite pas par ici. Je viens de F***, je traversais le pays en allant à B*** quand ma voiture est tombée en panne. Elle n'est pas bien loin, je dirais à deux cents mètres, le long de la clôture.

Elle me regarda un instant puis ferma la porte, tourna une clef dans la serrure et se rapprocha de moi.

– Il est près d'une heure, le premier garage est à vingt minutes d'ici, tout le monde dort, sauf moi qui devais ranger la salle d'opération pour demain matin. Que vais-je faire de vous ?

Cette façon de dire m'amusa car, vraiment ! elle définissait avec exactitude une situation où je dépendais entièrement d'elle.

– Il y a peut-être un hôtel ? une auberge de campagne ?

– Rien avant L***, sauf des domaines comme celui-ci. Il faudrait retourner vers F***, mais à cette heure tout est fermé et en cette saison, tout est plein. Je crois que je vais devoir vous héberger.

Elle parlait d'un ton pensif, en femme qui réfléchit et pèse la situation. J'émis un « Je ne voudrais pas vous déranger » de politesse machinale qu'elle traita avec le plus grand sérieux :

– Vous ne me dérangeriez pas. Vous trouveriez sans doute quelque chose à l'hôtel d'Angleterre qui est tellement cher que tout ne se loue pas. Vous paieriez deux cents euros pour une chambre glaciale – parce que en juin on ne chauffe plus, n'est-ce pas ? – agrémentée d'une fine odeur de moisissure. Je vous en demanderai cent pour un lit sec et chaud, et le petit déjeuner à l'heure qui vous conviendra.

Ho ! Cette charmante personne ne manquait pas d'audace. Cela me donna envie de rire.

– Et on ne voit pas comment je parviendrais à cet hôtel d'Angleterre ?

– Sauf si je vous y conduis, ce pour quoi je me ferais aussi payer.

Magnifique ! Au temps pour les anciens usages de l'hospitalité !

– Je serai donc votre hôte, et avec la plus grande gratitude.

– Allons-y, dit-elle.

Nous entrâmes dans un vestibule assez spacieux, éclairé par une seule lampe. J'accrochai ma veste à un portemanteau et la suivis dans ce qui me parut être un second vestibule, immense celui-là. Je m'interrogeai vaguement sur le plan qui donnait lieu à cette bizarre succession en la suivant vers la chambre qui m'était destinée : bien éclairée, les murs d'un blanc terni, un lit et une armoire parfaitement quelconques. Elle me montra la porte qui ouvrait sur la salle de bains en me prévenant d'y frapper avant d'entrer, car toute la famille s'en servait.

– Il n'y en a qu'une. Les toilettes sont au fond du vestibule.

Je compris à son geste qu'il s'agissait du premier que nous avions traversé.

– C'est la chambre de ma mère, qui est absente en ce moment, la seule qui soit prête à accueillir quelqu'un. Il faut peut-être fermer les rideaux : le matin, le soleil donne sur le lit.

Je lui dis que cela ne me dérangerait pas, et elle me quitta en me souhaitant une bonne nuit. J'examinai plus attentivement mon logis : le lit avait l'air confortable, l'armoire était pleine de vêtements et la table couverte de dossiers et de livres, bien rangés mais si encombrants qu'il eût fallu tout bouger pour y poser mes affaires. Cent euros ! Bien, me dis-je, au moins, je ne suis pas sur la route, fatigué et grelottant. La première chose à faire était de recharger mon portable pour laisser un message sur le répondeur du bureau, mais dès que j'ouvris mon sac de voyage je me souvins que j'avais rangé le chargeur dans ma serviette, enfermée dans le coffre de la voiture. Je jurai aussi vigoureusement qu'il convient dans de telles situations. Il n'y avait pas de téléphone dans la chambre, il me parut indiscret de courir derrière mon hôtesse pour demander où j'en trouverais un. J'attendrais le matin pour avertir que j'étais retardé. Je me mis au lit et, comme je ne m'endors jamais sans lire un moment, j'ouvris mon Barbey d'Aurevilly. Je compris dès les premières lignes que je ne serais pas en compagnie de Hauteclaire et Savigny : quel usurpateur sans vergogne s'était permis de s'approprier le titre de ce chef-d'œuvre pour sa consommation personnelle ? Un embouteillage dans Bruxelles un jour de tempête, je vous jure ! Je fermai le livre avec dépit et j'éteignis en ronchonnant.

Je dormis magnifiquement et fus, en effet, réveillé par un rayon de soleil qui me chauffait le nez. Je sursautai en voyant qu'il était dix heures. Depuis des années j'ai de mauvaises fins de nuit, il ne m'était pas venu à l'esprit que j'allais m'attarder au lit. Je remis ma toilette à plus tard et m'habillai à la hâte, il fallait téléphoner au plus vite. Je parcourus ce que j'avais pris pour un grand vestibule sans beaucoup regarder autour de moi, arrivai dans celui de l'entrée et vis une porte ouverte.

Si absorbé que je fusse dans ma préoccupation actuelle, je redevins l'architecte qui *voit* : je me trouvais dans une vaste pièce carrée qui traversait la maison de l'avant à l'arrière. Je fus saisi, sans trop en prendre conscience sur le moment, par ces proportions parfaites qui donnent une beauté naturelle à un lieu, si peu destiné à la parade qu'il soit. À gauche une porte-fenêtre donnait sur la cour pavée, à droite une autre ouvrait sur une prairie et des arbres. Le centre de la salle était occupé par une gigantesque table, autour de laquelle il devait être possible d'asseoir vingt personnes. Tout cela était inondé de soleil. Je clignai des yeux, un peu étourdi par cet étonnant endroit, quand une voix aimable se fit entendre :

– Il semble que vous ayez bien dormi, Monsieur !

La femme qui me parlait était debout près du fourneau, devant une énorme marmite, et me regardait en riant.

– Bonjour. Votre petit déjeuner vous attend.

Pas très grande, rondelette, la soixantaine bien sonnée : ce n'était pas la jeune personne qui m'avait recueilli la nuit passée. Je ne pensais qu'à mon coup de téléphone, je fis un effort pour me conduire décemment :

– Bonjour Madame.

Mais que dire, hors : Où est le téléphone ? Je crois que je trouvai le moyen de prononcer quelques paroles de politesse, qu'elle reçut avec bienveillance.

– Asseyez-vous. Je vais vous faire du café frais : celui-ci est froid et je tiens qu'il est mauvais de commencer la journée avec du café réchauffé. Votre couvert est mis.

Elle me désigna un bol et une assiette posés à même le bois. Il faut des décennies de cire appliquée avec amour pour obtenir un tel lustre, me dis-je en regardant le chêne brillant.

– Vous êtes très aimable et je partage votre opinion, mais je devrais absolument téléphoner : il est tard, j'étais attendu à mon bureau, on doit se demander ce que je suis devenu.

Elle me montra une petite table :

– C'est là. Appelez pendant que le café passe.

Cela me prit une dizaine de minutes : il fallait annuler des rendez-vous, reporter une visite de chantier, dicter quelques mots de réponse à une lettre urgente.

Le café était excellent, le pain frais et croquant comme je l'aime, et je me rendis compte que je mourais de faim.

Mon hôtesse s'assit en face de moi et s'attaqua à un tas de petits pois. Je crois que je n'avais plus vu écosser des petits pois depuis mon enfance, on les achète surgelés pour les jeter vite fait dans la casserole.

– Moi, je suis Madeleine, dit-elle. Je travaille pour les dames de la Diguière. En fait, c'est Madeleine Gendron, mais je me sers si peu de mon nom de famille que c'est tout juste si je ne l'ai pas oublié.

Je me rendis compte que, la veille au soir, je n'avais pas dit mon nom. Cette façon de se présenter était-elle une façon très délicate de me rappeler aux bonnes manières ? Je me nommai.

– Jean Avijl. Je suis tombé en panne cette nuit, et une très charmante jeune dame m'a sauvé du désastre.

– Je sais cela. Jérôme est prévenu, il viendra dès qu'on l'avertira que vous êtes éveillé : il ne pouvait rien faire sans les clefs de la voiture. Jérôme est le garagiste.

Je me retins de demander qu'elle l'appelât tout de suite : il y avait dans les façons de cette femme quelque chose qui obligeait à la courtoisie.

– Vous remercierez pour moi la personne qui l'a prévenu.

– Vous le ferez vous-même, Monsieur. C'est mademoiselle Sarah, que vous avez vue en arrivant. Pour l'heure, elle fait ses visites, mais elle rentrera déjeuner.

Les visites, la blouse blanche, la salle d'opération à préparer ?

– Elle est médecin ?

– Vétérinaire. Elle a eu une urgence hier soir, sans quoi vous ne l'auriez pas trouvée éveillée à pareille heure.

Tout en conversant, je continuais à penser à mon travail : je m'aperçus que j'avais oublié de demander à ma secrétaire qu'elle n'envoyât pas le rapport que je lui avais dicté l'avant-veille, il y manquait un paragraphe important. J'aurais voulu sauter sur le téléphone, mais je ne sais trop pourquoi, le spectacle de cette femme assise devant sa montagne de petits pois me donnait le sentiment qu'il eût été grossier d'interrompre mon petit déjeuner.

– J'ai donc eu bien de la chance.

– Et le chien qu'elle a soigné aussi. Sans elle, il serait mort. Dans la région, tout le monde connaît son dévouement.

Un dévouement à cent euros la nuit, me dis-je, puis je me repris : après tout, elle m'avait accueilli sans savoir qui j'étais, sur ma bonne mine d'ahuri perdu dans une campagne déserte.

– Elle a été très secourable avec moi. Et confiante : elle n'a même pas demandé mon nom. Dans cette époque où partout on crie à l'insécurité…

– Chez nous, c'est encore calme.

Je pris une deuxième tasse de café, puis il me sembla que je pouvais téléphoner au garagiste.

Il me questionna longuement sur les symptômes qui avaient précédé la panne, réfléchit, émit deux ou trois hypothèses et décida qu'il n'était pas sûr de pouvoir régler les choses sur place et que le plus judicieux était de venir avec la dépanneuse, ce qui lui prendrait vingt minutes. Cela me laissait le temps de faire ma toilette. Je retournai donc à la chambre où j'avais dormi.

Je vis enfin que la salle que je traversais n'était pas un vestibule, mais une sorte de galerie, sur laquelle s'ouvraient plusieurs pièces. À droite, des portes-fenêtres sans aucun voilage donnaient sur la cour. Les murs étaient couverts d'un papier à tapisser de style Liberty, fané, décollé par endroits, ce qui révélait un plâtre noirci par des taches d'humidité. De grands rectangles que la lumière n'avait pas décolorés dénonçaient l'emplacement de tableaux qui avaient été retirés. Il n'y avait pas un seul meuble, juste dans un coin, par terre, une vieille machine à écrire Underwood, semblable à celle dont se servait ma mère. Je m'en approchai, appuyai sur quelques touches : elle était en parfait état de fonctionnement. Au fond de la pièce, ce qui restait d'une cheminée : le trou dans le mur, et les traces d'un équipement enlevé.

Je compris le mobilier de la chambre : lit et armoire dans le genre Ikea bon marché, qui ne correspondaient pas du tout au style ancien et aux belles proportions de la galerie. Tout ce qui était beau avait été vendu, on avait racheté au plus bas prix ce qu'il fallait pour vivre. Je compris les cent euros, et me dis que les petits pois venaient sans aucun doute du potager.

Une heure plus tard, le garagiste avait fait son diagnostic : une pièce essentielle était cassée, ce qui avait entraîné la détérioration de deux ou trois autres, il fallait tout remplacer, mais Jérôme n'avait pas cela en stock, il devait les commander au fabricant.

– Cela prendra quelques jours. Nous sommes jeudi, ce ne sera pas avant la semaine prochaine.

J'étais furieux. Pourquoi diable avais-je acheté une voiture de marque étrangère, infiniment recommandée et infiniment garantie ? Pour la première fois de ma vie, je m'étais laissé tenter par les qualités esthétiques de ce qui devait n'être qu'un objet utile, et cela avec l'approbation de mon comptable et de mademoiselle Lambert, mon censeur et ma conscience, affirmant qu'un homme qui travaille plus qu'il ne se divertit doit trouver le divertissement dans ses instruments de travail.

– Et Dieu sait que, pour vous, la voiture est un instrument de travail.

Au moins, Jérôme pourrait me prêter quelque chose, afin que je pusse rentrer ?

Cela le fit rire :

– Je ne suis qu'un petit garagiste de province. Je n'ai que ma voiture personnelle et ma dépanneuse. Il faudrait aller à L***, vous y trouverez ce que vous voudrez.

– Mais c'est à une heure de route !

– Peut-être que Sarah pourrait vous y conduire, ce soir, après sa consultation.

J'arriverais tard, il faudrait loger à l'hôtel, je ne serais rentré que dans l'après-midi et nous étions à la veille du week-end. Évidemment, je pouvais appeler un taxi, aller à une gare, mais revenir chercher ma voiture au cours de la semaine prochaine qui, je le savais, serait surchargée ? Je passe les détails de la réflexion qui me fit choisir de rester à la Diguière, au moins jusqu'au lundi.

– Si l'on veut bien de moi.

À son avis, on voudrait.

C'est ainsi que se décida ce séjour à la Diguière, que je ne devais jamais oublier.

Il était plus de midi lorsque Jérôme me déposa, toujours furieux, devant le portail de la Diguière. J'aurais bien continué à pester, mais je fus si frappé par la beauté de la maison et de la cour que j'en oubliai ma mauvaise humeur, comme il m'arrive systématiquement. Ma mère prétend que, m'annoncerait-on sa mort au moment où j'entre dans la basilique de Vézelay, elle ne croirait pas un instant que mon émotion et mes larmes la concernent. Elle est en bonne santé, je ne discute donc pas la pertinence de cette opinion.

La grande cour carrée est construite sur trois côtés : la demeure au fond, les communs de part et d'autre. Les bâtiments sont bas et asymétriques : les sept fenêtres de la galerie, une porte à deux battants, puis les cinq fenêtres de la cuisine, le tout dans des proportions si justes, si gracieuses que je me sentis gagné par l'émotion. Il y a parfois dans le rapport des formes quelque chose d'indéfinissable qui est comme une musique, cela chante et vibre, je regarde et *j'entends*. J'étais devant une des plus belles maisons que j'eusse jamais vues.

Quelques détails discrets comme une clef ornée au linteau de la porte d'entrée, le profilage particulier des seuils de fenêtres, l'appareillage des pierres, signent la deuxième partie du XVIIIe siècle, une des plus belles périodes de l'architecture provinciale. À droite, les grandes portes aux sommets arrondis signalent les écuries, à gauche ce sont des logis, destinés sans doute aux domestiques.

Le tout me parut à ras du délabrement.

Une tempête avait dû arracher des ardoises, on avait tendu sur le toit une bâche tenue par de grosses pierres. Les châssis avaient besoin de peinture. Aucune vitre n'était cassée, mais certaines ne me parurent pas très correctement posées, comme si cela n'avait pas été fait par des professionnels. Par endroits, les pavés en éventail étaient enfoncés, on voyait même deux plaques de béton, réparations grossières accomplies par une brute.

Il faudrait beaucoup de nuits à cent euros, me dis-je. Et, malgré moi, je me mis à évaluer le montant d'une restauration convenable.

Vétérinaire ? Que peut gagner un vétérinaire ? De toute évidence, pas suffisamment pour entretenir une telle maison.

Je regagnai ma chambre, branchai mon téléphone. Plusieurs messages m'attendaient, dont un de la secrétaire, qui n'avait pas envoyé le rapport incomplet et attendait des instructions. Admirable mademoiselle Lambert ! Nous eûmes quelques minutes de conversation, dont il ressortit qu'elle avait déjà réglé des choses auxquelles je n'avais pas encore pensé.

– Il faut que Ferrières aille au Groelstveld.

– Il y est.

– Et qu'on téléphone à Massart pour la rue Langeveld.

– Je l'ai fait.

– Je vois qu'on peut se passer de moi !

– Absolument. J'ai tout organisé. Vous étiez très fatigué : reposez-vous.

– Mais la réunion de mardi ?

– J'ai annoncé qu'elle devra être reportée. Cela tombe d'ailleurs très bien, Grangier ne pouvait pas venir.

– Appelez-moi au moindre pépin. Pour le moment, je dois laisser le téléphone se recharger, il y en a pour deux ou trois heures, ensuite il sera toujours dans ma poche.

Il ne me restait qu'à négocier mon séjour avec la demoiselle Sarah.

Elle était à la cuisine, assise devant une assiette de légumes et de viandes qui dégageait un excellent parfum de pot-au-feu, et me salua en me nommant.

– Je vois que madame Gendron a pallié mon impolitesse de la nuit passée, dis-je.

– Madame Gendron ? Ah ! Madeleine ! Ma pauvre Madeleine, tu es tellement de la famille qu'on oublie que tu as un nom à toi !

– Et qu'est-ce que j'en ferais ? Voulez-vous de la soupe, Monsieur ? dit-elle en posant une assiette creuse sur la table.

Cela allait un peu trop vite. Je souhaitais remercier Sarah, régler ma situation, et je me retrouvais les couverts à la main, mettant de la moutarde sur un morceau de paleron d'allure particulièrement tendre et juteuse, tout en me rendant compte que mon hôtesse était une ravissante personne.

– Jérôme m'a dit qu'il s'est occupé de votre voiture et que les nouvelles ne sont pas bonnes.

Pas bonnes, mais rapides !

– Je suis coincé pour plusieurs jours. Je comptais vous demander de prolonger l'hospitalité que vous m'avez si gentiment accordée.

– Cela va de soi. Tant que ma mère est absente, vous pouvez occuper sa chambre.

Elle réfléchit quelques instants. Vraiment ! je devais être très énervé la nuit passée, sans quoi même dans la chiche lumière des ampoules à quarante watts j'aurais remarqué le geste délié et, surtout, entendu le timbre très pur de la voix.

– Il n'y a pas de restaurants avant M***, qui est à quatre kilomètres, ce qui fait trois quarts d'heure à pied.

Je la voyais venir et je riais intérieurement.

– Sauf si vous aimez la marche, vous devrez prendre vos repas ici.

– Le pot-au-feu de madame Gendron est convaincant.

– Madeleine ! appelez-moi Madeleine, sinon je vais me demander de qui vous parlez.

– Le pot-au-feu de Madeleine.

– Elle n'a pas sa pareille. Attendez ses ragoûts. Cela fera donc la pension complète.

Je voulus entrer dans le jeu et la précéder :

– Qui, à l'hôtel d'Angleterre, se monte à…

– Cinquante euros supplémentaires par jour, mais on y mange mal, malgré les étoiles. Nous dirons donc quarante, et vous mangerez bien.

Cette jeune personne était vraiment réjouissante ! Je me dis que j'apporterais ma très modeste contribution à la réparation du toit, qui me semblait urgente.

– C'est parfait. Je dois juste mentionner que le sel m'est déconseillé.

– Cela ne fera pas la moindre difficulté : Madeleine, qui mange avec nous, ne sale pas car elle a une petite hypertension artérielle.

J'étais engagé pour cinq jours, au minimum : cela me ferait sept cents euros. Il faudrait que je demande à mademoiselle Lambert ce qui pourrait entrer dans les frais généraux. Tout à coup, je fus effleuré par un affreux soupçon : Jérôme, qui connaissait les difficultés de la Diguière, avait-il exagéré les délais ? L'idée me sembla si basse que je m'en voulus de l'avoir eue.

Je dois, pour l'honnêteté de mon récit, préciser que je me suis informé par la suite : personne n'avait triché.

Les problèmes essentiels étant réglés, nous poursuivîmes le repas en parlant de la pluie et du beau temps : il faisait grand soleil et on annonçait quelques belles journées, les premières d'un printemps déprimant. Je déteste parler de la pluie et du beau temps, je remplis vaillamment ma part de cette tâche, capitale pour la vie en société. Je me dois d'avouer que le charme de la jolie Sarah m'aida à surmonter l'ennui.

Je n'avais, jusqu'alors, remarqué que sa promptitude à utiliser ma situation à son profit. La beauté de la maison venait de tempérer un agacement naissant, la grâce de la jeune exploiteuse acheva de m'apaiser. Elle ne devait pas encore avoir trente ans et semblait sûre d'elle comme certains n'y arrivent pas après la soixantaine, elle était mince comme un fil, mais vigoureuse, ainsi qu'en attestaient ses bras nus et très musclés. Les cheveux châtain clair étaient enroulés en un chignon tenu par une seule épingle, une façon de se coiffer que je trouve particulièrement séduisante parce que j'imagine volontiers le plaisir d'ôter l'épingle et de voir la chevelure glisser sur les épaules. À mon âge, un homme intelligent ne doit plus espérer provoquer ce genre d'événement, mais il n'y a pas de raison de se priver de la rêverie.

Madeleine ayant dit qu'elle gardait le reste de la cueillette pour le dîner, nous reçûmes chacun quatre fraises en guise de dessert.

– Vous aurez sans doute besoin de la table de votre chambre, qui est encombrée de livres. Si vous voulez bien, je vais vous accompagner pour la dégager.

Je n'aurais pas à regretter l'hôtel d'Angleterre : mon lit avait été fait.

– Où vais-je fourrer tout cela ? soupira Sarah. Ma mère vient de vendre le secrétaire et la bibliothèque, nous n'avons pas encore eu le temps de les remplacer.

Je n'y avais pas fait attention la nuit passée, mais il y avait en effet plusieurs piles de livres.

– Il faudra les déposer par terre, contre le mur, dans le grand salon. Si vous voulez bien m'aider ?

J'appris ainsi que la galerie était dénommée grand salon.

Nous les alignâmes contre le mur.

– Adèle ne va pas aimer ça, dit Sarah en examinant le résultat de notre travail.

– Adèle ?

– C'est ma fille. Elle a horreur qu'on envahisse le salon.

Envahir ? Pour une cinquantaine de livres ?

– C'est son territoire. Elle consent qu'on le traverse pour aller aux chambres, mais on ne s'y arrête que sur invitation.

– Bon. Me voilà prévenu, dis-je en riant.

La bibliothèque et le secrétaire vendus confirmaient mon hypothèse.

Il n'y avait pas de prise de téléphone dans la chambre, je ne pourrais brancher le *modem* de mon ordinateur que dans la cuisine. Je pris les devants et dis à Sarah que mon système me permettait de connaître le montant de mes communications. Elle approuva sans commentaires et me quitta pour vaquer à ses affaires.

Je m'installai donc, c'est-à-dire que j'ouvris mon sac de voyage et posai mon pantalon et ma veste de rechange sur le dossier d'une chaise, mon réveil sur la table de nuit : je ne souhaitais pas dormir de nouveau jusqu'à dix heures du matin ! Après quoi, je me vis désœuvré, ce qui n'est pas dans mes habitudes. Lors des intéressants échanges sur la pluie et le beau temps, il avait été question que, pour mon divertissement, j'explorasse le domaine. Je sortis de la chambre par la porte-fenêtre.

Quelques moutons et leurs agneaux broutaient dans la prairie. Je descendis vers la lisière d'un petit bois. Je ne suis que médiocrement informé en botanique : assez pour comprendre que ceci avait été un parc, planté de belles essences rares, puis laissé à l'abandon, sans doute depuis plusieurs décennies. Des arbustes avaient poussé entre quelques chênes centenaires, un araucaria étendait son feuillage sombre sur des fougères. Une végétation spontanée de ronces et d'orties rendait le passage difficile. Par endroits le sol était dégagé, traçant un chemin qui conduisait à la Diguière, une petite rivière serrée entre de hautes rives. Je me dis que l'on devait y pêcher des écrevisses. Un pont avait permis de traverser, mais il était en ruine.

Cette promenade ne me prit pas une heure, après quoi je remontai et, toujours désœuvré, décidai de me rendre à la cuisine où j'espérais la compagnie de Madeleine.

Elle repassait et m'accueillit avec contentement.

– Voulez-vous une tasse de thé ?

Elle était entre un grand panier de linge propre et plusieurs chemisiers rangés sur des cintres qu'elle avait accrochés à la corniche du vieux buffet.

– Je ne veux surtout pas vous déranger.

– L'eau est chaude, la théière est prête, vous m'aideriez en prenant les tasses dans le vaisselier.

Visiblement, elle avait envie de bavarder. Comme j'avais envie d'écouter nous étions en bonne harmonie. Sachant que les femmes sont toujours sensibles à ce que l'on note l'importance de leur activité ménagère, je commençai par un commentaire sur la grande quantité de lessive qu'elle avait à mettre en ordre :

– C'est que je suis la seule à pouvoir le faire. Tout le monde est tellement occupé.

La taille de la maison et celle de la table de cuisine donnaient à penser qu'il y avait beaucoup d'habitants…

– Sûrement ! Madame Albertine est à Vichy, mais Sarah, Charlotte, Clémence et Adèle auront besoin de leurs affaires pendant la semaine.

Je dis que cette avalanche de prénoms m'étourdissait.

– Sarah m'a accueilli hier soir, elle m'a parlé de sa fille, Adèle, mais qui sont Albertine, Clémence, et…

– Charlotte. *Madame* Albertine (elle soulignait le Madame, de façon à me faire sentir que je n'avais pas respecté l'étiquette) est la propriétaire de la Diguière.

– J'en infère que *madame* Albertine est l'aînée ?

– Madame la Diguière est la mère de Charlotte et de Sarah, et la grand-mère de Clémence et Adèle. Charlotte est en ville, elle travaille dans une entreprise d'informatique, les petites sont au lycée.

Je remarquai, pour mon propre compte, qu'elle ne mentionnait aucun homme.

– Je les verrai donc au dîner ?

– Les petites vont rentrer d'ici une heure ou deux, elles seront affamées. Ce qui me fait penser que je dois sortir du pain.

Elle déposa le fer sur la planche, alla vers le mur du fond, ouvrit une porte à demi dissimulée dans les lambris : d'où j'étais, je vis un énorme congélateur. La curiosité me poussant comme elle me pousse toujours, je me penchai : un des compartiments contenait une grande quantité de baguettes surgelées. Voilà pourquoi le pain était si frais, ce matin ! Elle en mit une dans le four.

– Tout semble très organisé, dis-je, impressionné.

– Il le faut. Vous n'avez pas idée des économies qu'une bonne organisation permet. La première boutique est à quinze kilomètres : on ne va pas dépenser trente kilomètres d'essence pour avoir oublié d'acheter du sel.

Il était évident qu'il y avait eu de la fortune dans cette maison, dont il ne restait rien : je ne suis pas mauvais pour faire parler les gens, surtout quand ils en ont envie ! Après cinq minutes, Madeleine m'expliquait la situation : les cinq femmes la Diguière avaient pour toutes ressources la pension de veuve que touchait Albertine et le travail mal payé qu'elle faisait comme correcteur pour un éditeur d'ouvrages scientifiques – elle était si animée par son récit qu'elle en oubliait le *madame* Albertine ! –, le salaire de Charlotte, convenable, sans plus, et les honoraires de Sarah, vétérinaire de campagne, qui avait repris la clientèle du vieux Lherbier.

– On ne s'impose pas facilement à des éleveurs quand on est une jolie jeune femme, et elle ne peut ni se vieillir ni s'enlaidir pour les rassurer ! Lherbier n'était pas terriblement compétent et ne demandait pas bien cher à ses clients. Sarah doit n'augmenter ses prix que très lentement.

– Et tout cela ne paie pas les réparations du toit, dis-je.

– Ah ! vous avez remarqué !

– Forcément : c'est mon métier.

– Croyez-vous que vous pourriez leur donner des conseils ? Ici, on noue tout juste les deux bouts.

– Et il n'est pas question de partir.

– Partir ?

Elle rit comme si j'avais dit une énormité.

– Quitter cette maison ? Autant demander à un manchot de s'enlever le bras qui lui reste !

– Cela se comprend : elle est très belle.

– C'est la prunelle de leurs yeux, Monsieur ! C'est leur cœur et leur âme ! Elles se vendraient pour la Diguière, mais de nos jours, avec la libéralisation des mœurs, qui les achèterait ? Le temps n'est plus où les hommes dépensaient des fortunes pour les femmes !

Elle dit cela avec une telle fougue que je fus persuadé qu'elle aussi se vendrait.

– Et vous, vous vous vendriez pour elles ?

Je n'eus pas le temps de regretter ces mots assez indiscrets :

– Absolument ! Elles sont toute ma famille, je vis avec elles depuis mon enfance, ce sont mes sœurs et mes filles !

Elle avait les larmes aux yeux :

– Et que puis-je faire pour elles ? Je cuisine, je nettoie, je couds, je repasse : elles sont gênées de si mal me payer, et moi, je travaillerais pour rien ! Ah ! si j'avais de l'argent ! Mais, dans ma famille, nous n'avons jamais été capables de faire mieux que gagner notre pain quotidien. Il y a eu des la Diguière qui s'enrichissaient, c'était un autre temps. Charlotte rêve de fonder son entreprise, cela exige un capital de départ, elle n'en a pas le premier sou. Pour gagner de l'argent, il faut en avoir, la fortune sourit aux riches et fait la nique aux audacieux quand ils sont fauchés.

Cette femme m'étonnait. Je me rendis compte que je m'étais arrêté à sa mine de vieille servante – pas si vieille que cela, d'ailleurs : un peu plus de soixante ans, c'est-à-dire qu'elle est ma contemporaine et il ne me convenait pas, sur ce point je n'ai pas changé, que l'on me prît pour un vieil homme. Ses cheveux gris tirés en chignon et son tablier froncé à la taille évoquaient des clichés démodés, la domestique dévouée à ses maîtres qui prend soin d'eux et ne voit pas plus loin que le bout de ses casseroles, la bonne nounou un peu bornée dont on n'attendrait pas qu'elle discutât la libéralisation des mœurs.

– On peut commencer petitement ?

– Pas dans l'informatique. Vous connaissez le prix des ordinateurs et des logiciels ? Elle a tout calculé, les banques refusent de prêter si l'on n'a rien.

– La maison est hypothéquée ?

– Non. Cela, elles ne le feront pas, elles auraient bien trop peur de ne pas pouvoir rembourser comme il faut.

– Elle a besoin de pas mal de réparations.

– C'est qu'elle a plus de deux siècles.

– Que savez-vous de son histoire ?

– Tout, Monsieur, tout.

Il ne fut pas nécessaire d'insister beaucoup. Je vais tenter d'assembler de façon cohérente la grande quantité d'informations que je reçus en une heure.

La maison date bien du XVIIIe siècle, à la fin des années soixante. À mon grand regret, personne n'a retenu le nom de son architecte. Elle a été construite pour Octave Tremblay, négociant issu d'une lignée de négociants, qui eut deux fils, l'aîné prénommé Octave comme lui-même, le cadet Antoine. Octave et sa descendance habitèrent la Diguière, Antoine se fit construire une maison au lieu-dit le Haut-Pré et, pour différencier les familles, on les nomma tout un temps les Tremblay de la Diguière et les Tremblay du Haut-Pré. Au cours du XIXe siècle, les gens de la Diguière cessèrent de porter le patronyme Tremblay. Dans les années 1770-80, ceux du Haut-Pré eurent la tentation de transformer leur préposition en particule, mais la Révolution eut vite fait de les en dissuader et ils restèrent Tremblay. Aujourd'hui, les deux branches connaissent toujours parfaitement leur parenté, bien qu'elles ne soient plus cousines qu'au dixième ou douzième degré.

Octave eut deux fils, Octave et Antoine, prénoms qui se retrouvent à toutes les générations. S'il venait un troisième garçon, on le nommait Albert, en l'honneur d'Albertine, épouse du premier Octave. Enfin : de l'Octave de la construction qui portait déjà le prénom de son père ! Octave II resta à la Diguière, son frère alla en Amérique, fit fortune et revint après la Révolution française, marié et père de famille. Son aîné se nommait forcément Octave. Je crois que si je n'avais pas pris des notes, tout se serait brouillé dans mon esprit ! Antoine investit ses capitaux dans les charbonnages et les deux frères procréèrent des Octave et des Antoine, ainsi que des Albertine. Lorsqu'il n'y avait pas de second fils, on nommait une fille Antoinette.

Les deux lignées cousines traversèrent le XIXe siècle, l'aînée à la Diguière, l'autre à Bruxelles, Charleroi ou Paris, selon les époques. La catastrophe eut lieu en 1917 : l'Antoine du moment avait donné dans les emprunts russes. Ce ne fut pas la faillite complète, mais il fallut se résoudre à une importante réduction du train de vie. Puis, vint le *krach* de 1929. L'Antoine, qui étant l'aîné de sa lignée se prénommait Octave, évita le déshonneur en vendant tout et se réfugia à la Diguière, avec sa femme.

L'Octave de la Diguière lui fit bon accueil. Les deux hommes se débattirent vaillamment pour gagner leur vie. Ils trouvèrent des emplois, mais le grand déclin avait commencé. On cessa d'entretenir le parc, on planta un potager – dont venaient les excellents légumes du pot-au-feu que j'avais mangé au déjeuner –, on mit des moutons dans la pelouse transformée en prairie. L'Antoine eut un seul fils, et l'Octave une seule fille, Albertine, née en 1947, mère de Charlotte et Sarah.

– Elle a épousé son cousin, mais si éloigné que rien n'était à craindre du côté de la consanguinité. Ainsi, elle n'a pas changé de nom : née la Diguière, elle est restée la Diguière. Elle n'a eu que des filles, de sorte que le nom risque de tomber en quenouille, sauf si les petites font comme leurs mères.

– Comme leurs mères ?

– Elles ne se sont mariées ni l'une ni l'autre. Pour Charlotte, ce n'est pas sa faute, elle était fiancée avec un Tremblay qui est mort dans un accident d'avion à trois jours des noces. Quant à Sarah, elle n'a jamais voulu dire qui était le père d'Adèle. De nos jours, cela ne gêne plus personne.

– Adèle, qui s'est approprié le grand salon ?

– Oui.

J'eus une inspiration :

– C'est elle qui se sert de la machine à écrire ?

– Le seul objet dont elle tolère la présence. Il faut dire qu'elle n'a jamais connu cette pièce meublée : tout était déjà vendu à sa naissance.

Nous en étions là de cette première conversation quand des voix retentirent dans la cour : c'étaient Adèle et Clémence qui rentraient. On imagine avec quel intérêt je les regardais : deux jolies personnes, d'à peu près quatorze et seize ans, vives et gracieuses, qui me saluèrent comme si ma présence était la chose la plus naturelle du monde, embrassèrent Madeleine et se versèrent des bols de thé en racontant une grande quantité de petits événements. Je fus frappé par leur ressemblance : mêmes chevelures blondes, mêmes silhouettes élancées, ces cousines avaient l'air d'être des sœurs. Adèle était la plus bavarde, la plus expansive, Clémence, plus retenue, semblait prendre plaisir à la regarder rire et s'enthousiasmer.

Il me parut discret de ne pas tarder à me retirer.

Dans ma chambre – enfin : dans la chambre de *madame* Albertine – un chat blanc dormait sur l'oreiller. J'avais pensé m'étendre un moment, mais je ne suis pas homme à déranger le sommeil d'un chat.

Lorsque je tirai la chaise pour m'asseoir devant la table, je vis qu'un autre chat, noir celui-là, s'y était installé. Nous nous regardâmes un instant, aussi surpris l'un que l'autre, puis il bâilla longuement, s'étira et sauta à terre, me rendant généreusement la disposition du seul siège de la pièce.

C'est là que je pris mes premières notes. Je suis grand écriveur – terme sorti d'usage, mais que mon vieux Larousse de 1906 définit encore : *qui écrit beaucoup, qui aime à écrire* –, j'aime à jouer avec la syntaxe et la grammaire, mais j'aime aussi le mouvement de la plume sur le papier, le plaisir sensuel de former les lettres, bien alignées, arrondies, reliées. Je n'use du clavier que par nécessité, et je demande à mes correspondants s'ils ont reçu ma lettre. Ils prennent l'air perplexe : Votre lettre ? J'ai eu un *mail*. Une lettre est une lettre, fût-elle envoyée par courrier électronique, et même en anglais le mot *mail* désigne la poste et le courrier, pas une lettre, qui se dit *letter*. Cette invasion d'impropriétés bilingues m'agace. Au moins, seul devant la feuille, je peux me livrer aux plaisirs de la langue sans voir personne froncer les sourcils devant les imparfaits du subjonctif.

J'essayai de retrouver les façons de parler de Madeleine, remarquablement peu envahies par l'incorrection contemporaine. Elle a le très léger accent de son pays qui fait chanter la voix comme si elle caressait les mots. Je pris grand plaisir à la tâche et fus tout étonné, lorsqu'on frappa à ma porte, d'apprendre qu'il était déjà huit heures.

Charlotte était la seule que je ne connusse pas encore. Elle venait d'arriver et achevait de raconter comment un client lui avait fait perdre deux heures en étant trop timide pour avouer qu'il ne comprenait rien au nouveau logiciel qu'on lui avait installé – mais elle savait déjà qui j'étais et me salua par mon nom. Assez grande, plus blonde que les autres, de ce ton qui pâlit très fort au soleil, les cheveux mi-longs, soyeux, souples et brillants à faire de la publicité pour un shampoing, elle portait ce que j'en suis venu à considérer comme l'équivalent du complet-veston masculin : chemisier net, jupe droite et hauts talons. Bien qu'elle parlât de quelque chose qui l'avait agacée, elle avait un air de tranquillité qui ajoutait à sa beauté. J'ai toujours aimé les femmes calmes, que je me figure comme des eaux dormantes – pour être souvent déçu quand je découvre qu'elles dorment vraiment ! Je ne fus pas long à me rendre compte que celle-ci était parfaitement éveillée.

On m'avait mis en bout de table, j'avais à ma droite Sarah et sa fille Adèle, à ma gauche Charlotte et sa fille Clémence, puis Madeleine. Je vis que deux couverts supplémentaires étaient mis et faillis ne pas me retenir de demander qui d'autre allait venir, que l'on n'attendit pas pour servir la soupe. C'était le même repas qu'à midi, mais un grand bol de fraises attestait que les fruits ne seraient pas comptés.

Il y a plusieurs façons d'accueillir un étranger à sa table. Je déteste tout particulièrement celle qui consiste à lui faire la conversation alors que l'on n'a rien à lui dire puisqu'on ne le connaît pas, ce qui oblige à des questions ineptes et des réponses vides de sens. Les dames de la Diguière n'étaient point de ce système : après m'avoir salué comme si j'étais là tous les jours depuis dix ans, elles revinrent à leurs préoccupations ordinaires. J'appris très vite que Jérôme, l'aimable garagiste, était en retard, ainsi que l'autre convive, Antoine. Se souvenant des récits qu'elle m'avait faits l'après-midi, Madeleine me dit que les deux hommes portaient le même patronyme : Tremblay.

– Dans la région, je crois que nous sommes tous cousins au centième degré, soupira Adèle.

– Je n'ai pas fait le décompte exact des générations, dit Clémence, mais si l'on en suppose quatre ou cinq par siècle, cela ne fait que douze ou quinze.

– C'est bien ce que je dis : cent !

– Il est vrai que, comme ils ont toujours évité les mariages consanguins, ils sont autant nos cousins que n'importe quels autres descendants d'Adam et Ève, confirma Charlotte, plus pondérée.

– Ce n'est pas si sûr, reprit Clémence. Restons scientifiques : grand-mère avait épousé un la Diguière et mon père était un Tremblay. Ils n'ont pas mis la même rigueur à respecter la règle d'exogamie.

Charlotte était sceptique :

– Il ne devait plus rester beaucoup de gènes communs.

Sarah avait un autre avis :

– Tout de même, il faut faire attention : nous avons toutes les cheveux et les yeux clairs, ce qui signifie que les récessifs l'ont emporté. Adèle et Clémence devront prendre garde à bien choisir les géniteurs de leurs enfants.

Elle se tourna vers moi :

– Comme vétérinaire, je suis très attentive à ces choses.

– C'est qu'elle nous choisirait nos inséminateurs comme elle fait ceux de ses vaches ! protesta Adèle.

Je m'amusais énormément à entendre ces jolies personnes discuter l'état de leur bagage génétique.

– Pour autant que j'en puisse juger, vos récessifs m'ont l'air excellents.

– Il faut bien dire qu'on n'a jamais relevé de tares dans aucune des deux familles. Mais elles peuvent sauter dix générations.

– À vous regarder, déclara Madeleine, je me dis que les qualités n'en sautent pas une.

– Ah ! Voilà parler ! s'écria Adèle. Madeleine, tu es la seule femme de bon sens dans cette tablée de folles.

– On n'a pas encore prouvé que la folie soit héréditaire, dit Clémence.

Cela continua ainsi. Les répliques voletaient avec allégresse, on sentait une complicité sans faille, c'était un rêve de famille unie – mais il n'y avait pas d'hommes ! On dit toujours que ce sont les hommes qui apportent la discorde dans la société : en serait-il de même dans les familles ? me demandai-je.

Madeleine découpait la viande quand Jérôme arriva. Il y eut un grand échange de baisers et, dans l'élan, ce fut tout juste si moi-même je n'en reçus pas un.

– Vos pièces sont commandées, me dit-il. On m'a promis qu'elles partiraient par avion, ce qui fera un supplément. J'ai pris sur moi d'accepter, mais, si cela vous cause un problème…

– Pas du tout. Je suis sous garantie, et j'ai une assurance *omnium*. Ma secrétaire pense que j'aurai même un défraiement pour mes frais de séjour.

– Zut ! dit Sarah.

Ce qui provoqua un éclat de rire général auquel je participai sans arrière-pensée.

– Nous pouvons revoir le contrat, proposai-je.

– Non, non ! La chose dite est dite. C'est une leçon pour la prochaine fois : je m'informerai.

– C'est que, maman, rien ne garantit qu'il y aura une prochaine fois. À moins que…

Elle resta un instant rêveuse.

– Adèle ! ne poursuis pas ce train de pensées-là !

– Tout de même… quelques clous sur la route ? une opportune flaque d'huile ?

– Tu as une âme de criminelle !

– Pour un pneu crevé ou un pare-chocs cabossé ?

– Qui vole un œuf vole un bœuf.

– Qui crève un pneu crève un vieux ?

Il y eut de nouveau une grande vague de rires. Qui fut interrompue par deux événements simultanés : Antoine Tremblay entra et le téléphone sonna.

J'entendis, en chœur :

– C'est maman.

– C'est grand-mère.

– C'est Albertine.

Et en conclus que c'était madame la Diguière.

Adèle décrocha et mit le haut-parleur :

– Comment vont mes filles ?

Elles allaient bien, et d'autant mieux qu'elles avaient un pensionnaire inattendu, tout à fait charmant, qui occupait sa chambre contre espèces sonnantes et trébuchantes. Avec une parfaite impudeur, Sarah prit le combiné et détailla l'aubaine. Puis :

– Et toi, où en es-tu ?

– Monsieur Fontanin ne me quitte plus. Du coup, messieurs Longin et Destailles se sont découragés.

Mes yeux commencèrent à s'écarquiller. N'eussé-je eu un bon contrôle de mes paupières, ils me seraient bientôt tombés sur les genoux. En deux minutes, le combiné passant d'une oreille à l'autre, la situation m'apparut clairement : madame la Diguière était allée à Vichy pour y trouver un époux fortuné.

– Longin et Destailles ne valaient pas la peine, dit Charlotte. Je me suis baladée sur Internet : ce sont de petites entreprises, solides mais modestes. Fontanin, c'est tout autre chose : ça va dans les quinze ou vingt millions d'euros.

Il y eut des cris de joie, j'imagine que madame la Diguière écarta le téléphone de son oreille :

– Et tu ne nous disais pas cela tout de suite ?

– Maman a le droit d'en être informée la première.

– De toute façon, ils étaient impossibles. Le Longin a la peau grasse et des moustaches, le Destailles lutte contre la cirrhose.

– Très bien, la cirrhose, on hérite vite, commenta Adèle.

– Maman, ne me dis pas que pour l'amour de tes filles, tu n'endurerais pas une peau grasse.

– Il faudrait que ce soit mon dernier recours.

Dois-je répéter que j'étais assez étonné ?

Charlotte poursuivit :

– Louis Fontanin. Il avait plusieurs sociétés, très prospères. Il semble qu'il ait tout réalisé il y a deux ans, puis fait un superbe coup en Bourse.

Madame la Diguière ignorait le coup en Bourse, mais savait d'autres choses : la femme du prétendant auquel elle songeait à prétendre était morte depuis une dizaine d'années. Il s'était enlisé dans le travail pour lutter contre le chagrin, ce qui plut beaucoup aux filles car elles voulaient, pour leur mère, un homme aux sentiments forts et qui ne perd pas la tête. Il avait étendu ses entreprises, s'était créé des obligations auxquelles il fallait faire face, allant ainsi d'un pas ferme jusqu'au surmenage.

– Là, il dit qu'il a vu son âge et qu'il a sursauté.

– Mais quel âge ? demandèrent plusieurs voix en même temps.

– Soixante-cinq ans.

– Il y a deux ans ?

– Oui. Aujourd'hui, c'est soixante-sept.

– Il se porte bien ? Pourquoi va-t-il à Vichy ?

– Un souvenir d'enfance.

Il y eut un silence où il me sembla percevoir de la déception.

C'était, plus exactement, la chasse aux souvenirs. Quand il était petit, sa mère y allait tous les ans, pour préserver, disait-elle, la transparence de son teint. Elle lui faisait boire l'abominable eau tiède des curistes en devisant avec un aimable monsieur, toujours le même d'année en année. Monsieur Fontanin cherchait à réveiller sa mémoire, il se demandait si l'aimable monsieur avait un rapport avec le divorce de ses parents.

– Un divorce ? Mauvais exemple. Je n'aime pas ça, dit Adèle.

Décidément, elle était la plus – oserais-je dire : cynique ? de toutes.

– Dans les familles où il y a du divorce et de l'argent, je suppose qu'on chicane sur les contrats de mariage.

– Adèle ! Nous n'en sommes pas encore là !

– Il y a trois jours qu'il te drague, quand se décide-t-il ?

– À nos âges, on ne drague pas, malheureuse ! On lie connaissance, on courtisera peut-être.

– Adèle n'a pas tort. Il ne faut pas qu'il traîne trop : tu n'as plus d'argent que pour six jours, dit Sarah.

Et Charlotte :

– Le cas échéant, pourrais-tu rattraper un des deux autres ?

– Vous êtes de parfaits petits monstres. Je suis d'une amabilité exquise avec eux, je n'ai pas du tout l'air de comprendre pourquoi ils ne me rejoignent plus à la promenade.

– La raison se compte en millions d'euros.

Il ne me semble pas que je sois puritain, ni bégueule : j'étais effaré. Les cheveux se dressaient sur ma tête devant cette grand-mère qui discutait avec ses filles, ses petites-filles – et sa servante, car Madeleine participait avec ardeur aux échanges – du plus riche des maris qu'elle pourrait attraper dans ses filets. Puis je me gourmandai : elle faisait ouvertement ce que quantité de gens font en silence, on sourit devant les demoiselles qui épousent des quinquagénaires ventrus en mimant la passion, plus rarement les dames *liftées* prennent de jeunes hommes, et je savais bien que, célibataire tenace mais pourvu, j'avais été l'objet de certaines attentions dont j'avais dû, parfois à regret, me protéger.

Voilà, me dis-je, que tu deviendrais partisan de l'hypocrisie ?

– Sait-il le charme qu'exerce sur toi son argent ?

– Il sait que je vis d'une maigre pension de veuve.

– Il a dû se demander pourquoi tu n'es pas remariée.

– Il me l'a même demandé, en ayant la galanterie de trouver étrange qu'une femme aussi… – je vous passe les adjectifs – que moi soit libre.

– Et qu'as-tu dit ?

– La vérité. Que j'ai été recherchée, mais pas demandée en mariage, et que je suis assez démodée pour trouver cela vexant.

– Excellent. C'est un avertissement clair !

Bientôt Charlotte, qui avait l'œil sur sa montre, déclara que la conversation commençait à être trop coûteuse et ces dames échangèrent de tendres adieux.

– À demain.

Madeleine servit Antoine, on attendit qu'il eût fini le plat de viandes pour passer les fraises.

– Il paraît que vous êtes architecte ? Cette maison a une des plus belles charpentes du monde.

J'eus une intuition :

– En bois de châtaignier ?

– Oui. Comment avez-vous deviné ?

– Je ne sais pas. La perfection de l'architecture. Elle est d'une exceptionnelle beauté.

Antoine est entrepreneur et m'expliqua que le toit devait absolument être réparé avant l'hiver.

– Nous sommes au début de l'été.

– Même si je ne me fais pas payer, c'est affreusement cher : vous savez le prix des ardoises de bonne qualité.

– Il a raison, dit Charlotte, et de plus, nous ne voulons pas ne pas le payer.

– C'est absurde. Vous paierez plus tard.

– Quel *plus tard* ? Nous sommes en retard pour l'impôt foncier.

– Vichy, dit Adèle, il n'y a que Vichy.

Ce qui ramena la conversation autour de messieurs Fontanin, Longin et Destailles. Après les fraises, Madeleine et les filles débarrassèrent la table et se groupèrent autour de l'évier pour faire la vaisselle. À la main, et je ne fus pas étonné qu'il n'y eût pas de machine. Il me sembla que le moment de me retirer était venu.

Cette fois-ci, je m'arrêtai un moment dans cette galerie que l'on nommait le grand salon. Je fus étonné de ne pas encore m'être rendu compte que la beauté des proportions se retrouvait ici. Sans doute, l'énervement de la panne m'avait distrait, et peut-être aussi le délabrement, plus marqué que dans la chambre et la cuisine. Le rapport parfait des dimensions me rappela le château d'Ecouen. On parle toujours de la galerie des Glaces, à Versailles, grandiose, somptueuse, mais soufflée : c'est un lieu de prestige, pas d'architecture. On y salue le roi, on n'est pas censé y vivre : je ne fus pas étonné par l'appellation *grand salon*. J'enlevai par la pensée le papier Liberty, qui me semblait une faute, peignis les murs en ocre pâle ou en gris clair, les deux étaient légitimes, mis des sièges, un piano, peut-être une harpe, et j'entendis chanter les générations. Des femmes en robes longues allaient et venaient, quelques hommes jouaient au trictrac à la lumière des bougies, ou bien se groupaient autour d'un billard en bois précieux. Puis je voulus revenir à aujourd'hui : je me rendis compte que ce serait difficile, une telle pièce n'est plus dans nos usages. En faire une salle à manger d'un côté, un salon de l'autre serait la dénaturer, me dis-je. Adèle a peut-être raison.

Et, me préparant pour la nuit, je pensais à la cour pavée, j'entendais les sabots des chevaux, les roues des voitures, les garçons d'écurie s'affairaient, Octave Tremblay de la Diguière accueillait les visiteurs émerveillés.

Mais, diable ! qui est l'architecte ?

Je me promis de le rechercher. Ce que, l'homme étant de peu de parole, j'ai oublié de faire.

J'entrouvris la porte-fenêtre et me mis au lit. Je voulus reprendre le faux *Bonheur dans le crime* que j'avais acheté la veille, mais, malgré la meilleure volonté du monde de ma part et un style acceptable de la part de l'auteur, j'avais le rythme forcené de Barbey dans l'oreille et je ne tins pas jusqu'à la deuxième page. Je pensai aux livres que j'avais aidé à déplacer. Au mépris de mes genoux récalcitrants, je m'accroupis devant la longue rangée et laissai mon regard errer. Ma foi ! j'approuvais les goûts littéraires de madame la Diguière. Je crus voir un *Orlando*, qui me fit penser que je fréquentais trop peu Virginia Woolf et le pris : non ! c'était un *Orlanda*, et du même auteur sans vergogne qui, vraiment ! n'avait pas d'inspiration pour ses titres s'il lui fallait toujours reprendre ceux des autres ! Mais, ô bonheur ! je trouvai *Les Diaboliques*, les vraies, et pus m'accorder la demi-heure de lecture heureuse dont j'ai besoin pour m'endormir.

Au matin, je ne fus pas réveillé par le soleil mais par des ronronnements : le chat blanc avait le museau contre mon oreille et le noir me pétrissait doucement l'épaule. J'y pris grand plaisir, en espérant que mon propre chat, qui est gris, ignorerait toujours mon infidélité. Tout le monde sait que certains chats sont télépathes.

La cuisine sentait le pain frais et le café, je fus chaleureusement accueilli – il me semble, écrivant ceci, que j'utilise souvent le verbe accueillir. Il est certain qu'un homme qui vit seul ne peut qu'être sensible au plaisir de trouver la table du petit déjeuner mise et cinq femmes aimables, dont quatre belles et jeunes, pour l'*accueillir* comme s'il était un ami de toujours. Il n'y avait pas quarante-huit heures que j'étais dans cette maison et je ne m'y sentais pas étranger. Certes, j'ai le caractère sociable, mais je me trouvais avec des personnes extraordinairement naturelles et, comme je m'en étais rendu compte la veille, qui ne croyaient pas nécessaire de dissimuler.

Le repas fini, elles se mirent en route, Sarah dans sa camionnette qui toussa beaucoup avant de démarrer, Charlotte et les jeunes filles dans une Clio, rouillée mais qui émit tout de suite un ronflement de bon aloi. Madeleine débarrassa la petite table où se trouvait le téléphone, je branchai mon ordinateur et me mis en communication avec le bureau. Il ne me fallut pas une heure pour expédier le peu de travail que l'on m'avait laissé.

– Contrairement aux prévisions d'hier, il ne fait pas très beau, aujourd'hui, dit Madeleine. Je peux vous indiquer l'une ou l'autre promenade, mais il faudra prendre un imperméable car on annonce de la pluie.

– C'est que je n'ai pas d'imperméable.

Je n'avais surtout pas envie de promenade.

– Oh ! Je peux vous en prêter un. Nous en avons de toutes les tailles.

Elle eut un petit rire :

– Et de toutes les époques, on ne les a jamais jetés. Il y a même un authentique Macfarlane.

Elle me conduisit à un placard, au fond du vestibule, où je fus saisi d'étonnement devant une invraisemblable collection de manteaux – et une puissante odeur d'insecticide. Je faillis ne pas résister, mais :

– Il faut bien dire que les promenades, par ici, sont médiocres : de part et d'autre de la route, vous longez à n'en plus finir les murs des propriétés. C'est juste bon pour le *jogging*.

– Qui n'est plus de mon âge. Si vous le permettez, je vais aller lire dans la chambre.

– Maintenant j'ai mon ménage à faire, mais si vous voulez de la compagnie, vers onze heures je reviens dans la cuisine et nous pourrons causer, comme hier.

C'était infiniment plus attrayant qu'une route bordée de murs.

Seul, je fus tenté par le démon de l'indiscrétion, qui m'a si souvent vaincu que depuis longtemps je n'essaie plus de lui résister. La veille, Sarah avait déposé les dossiers par terre : ils ne contenaient que de la comptabilité. Relevés de banque ou factures confirmaient ce que je savais déjà, la situation était catastrophique et mes sept cents euros ne seraient qu'une goutte d'eau dans la mer. Peu de robes dans l'armoire, peu de linge dans les tiroirs : on achetait pour se vêtir, pas pour se parer. Quelques boîtes à chaussures en carton, avec des lettres et des photos, la pudeur freina ma curiosité et je n'ouvris pas. Comme il m'en coûta, je réclame l'admiration.

À onze heures, j'écoutais Madeleine me parler en épluchant ses légumes.

Elle n'était pas née à la Diguière, mais de justesse, car sa mère, qui y travaillait déjà, avait failli y accoucher. Madame Gendron avait tout juste eu le temps de rentrer chez elle, à cette époque on n'allait en clinique qu'en cas de complications. Après huit jours, elle reprenait sa tâche, la petite fille à ses côtés. Madeleine fit ses premiers pas sous les regards attendris des deux Octave, qui découvrirent ainsi qu'ils adoraient les enfants, donc ne devaient plus tarder à se marier. Si beaux jeunes hommes qu'ils fussent, avec la Diguière à entretenir et aucune fortune ils ne faisaient pas des partis spécialement recherchés. On savait qu'ils vendaient pour ne pas sombrer dans les dettes. Ce furent d'abord les tableaux, puis les meubles les plus précieux. Ils parvinrent à trouver des fiancées et, en janvier 1939, on célébra les doubles noces. Au grand regret des maris, les jeunes épouses ne furent pas vite enceintes. La guerre arriva, les Octave y allèrent et en revinrent. Le nouvel Octave naquit enfin, en 1943. Son père, l'aîné de la branche cadette, s'engagea dans la Résistance et sauta avec un pont, laissant l'enfant aux soins de son cousin.

Il y fut tout à fait car la veuve ne resta guère. La Diguière ne l'avait pas séduite, un soir d'hiver la dame fit sa valise et prit le train. On n'a jamais su ce qu'elle était devenue.

En 1947, l'autre épouse eut enfin une fille, Albertine. La santé de la jeune femme était fragile, elle se remit mal, déclina et mourut. Madeleine avait treize ans, elle éleva la petite comme si c'était son enfant. Sa mère, madame Gendron, vint vivre à la Diguière.

– Et votre père ?

– Il avait sauté avec Octave.

L'Octave survivant parvint à une assez belle situation, madame Gendron et le jeune Octave touchaient les maigres pensions que l'État dispense aux épouses et fils de héros, mais la Diguière coûtait cher, il fallait payer les études, on vendit encore : on y arrivait tout juste quand le cancer d'Octave l'aîné se déclara. C'était le pancréas, qui se signale toujours trop tard. Monsieur la Diguière fit les comptes de la famille et entrevit d'un coup la catastrophe et la parade : il fallait faire de madame Gendron sa femme, elle aurait droit à la pension de veuve.

– C'est ainsi qu'Albertine et moi sommes sœurs par alliance.

La servante épousant le maître : avec toute autre famille que celle-là, il y aurait eu des ragots. Personne n'eut de doutes sur l'honorabilité des intentions. La nouvelle mariée ne porta pas le nom du mari et ne partagea pas son lit. Octave mort, elle remettait l'argent aux jeunes gens qui le géraient, après avoir prélevé ses gages et ceux de Madeleine.

Le jeune Octave trouva un excellent emploi dans l'administration. Le mariage avec Albertine étonna : ces deux-là avaient vécu comme frère et sœur, on n'imaginait pas qu'ils fussent amoureux. Madeleine ne pensait d'ailleurs pas qu'ils l'eussent jamais été : mais ils partageaient l'amour pour la Diguière, qui leur suffisait tout à fait. La seule entorse aux usages fut de ne point nommer les filles Octavie ou Albertine : il y en a eu assez comme cela, dirent-ils, et choisirent des prénoms jamais utilisés dans aucune des deux lignées.

– Les temps ont changé.

Sarah avait six mois quand Octave fut tué dans un accident bien banal et bien stupide : il rentrait tard, des jeunes gens éméchés perdirent le contrôle de leur voiture, il fut éjecté et se brisa le cou. Il y eut un procès, des dommages et intérêts, on vendit encore en attendant l'argent.

– Tout y a passé, Monsieur, les chambres à coucher, les tapis, le moindre tableau, jusqu'aux baignoires et aux robinetteries 1900 !

Les ennuis d'argent furent tellement aigus qu'Albertine n'eut pas le temps de pleurer : Octave sûr de son avenir n'avait pas mis un sou de côté ni pris d'assurance sur la vie, tous les jours il fallait acheter de la nourriture, et tous les mois régler la note d'électricité. Madeleine utilisa ses petites économies, les deux femmes remirent en ordre le potager négligé, eurent des poules et ramassèrent le bois mort dans le parc pour se chauffer. Albertine chercha du travail mais dut renoncer : elle n'avait pas de compétence particulière, elle aurait pu vendre des livres dans une librairie ou des vêtements dans une boutique, il fallait aller en ville et le salaire qu'on lui offrait eût été mangé par l'essence et les frais. Ce furent des années terribles, un franc comptait.

– Mais nous y sommes arrivées, dit Madeleine.

– Et même à payer des études aux deux filles ?

– C'était une question de bon sens. Il leur fallait des métiers, et pas de ceux qui conduisent au chômage.

Sarah avait toujours été habile avec les animaux, le vétérinariat s'imposait :

– En vérité, elle aurait préféré la médecine, mais c'étaient des années de plus. Nous le lui avons proposé, elle a refusé net. Et nous n'étions pas en situation d'insister, soupira Madeleine. Heureusement ce sera plus facile pour Clémence. Ne trouvez-vous pas que c'est curieux : dans cette famille où il n'y avait eu que des avocats et des gens d'affaires, trois filles sur quatre sont attirées par les sciences ?

Quatre : deux mères et leurs filles. Dans cette façon de dire quatre filles, je me demandai s'il n'y avait pas un peu de confusion des générations…

Charlotte partageait l'intérêt de ses contemporains pour l'informatique. Il y avait des ordinateurs à l'école, à la bibliothèque municipale, chez ses amies, mais bien sûr ! pas à la maison, malgré quoi elle trouva le moyen d'être brillante au point d'obtenir une bourse importante, elle alla à l'Université au lieu de l'école technique qui dure moins longtemps. Elle y prit deux diplômes, je ne sais plus lesquels, qui, en cette période de crise, firent d'elle une jeune femme qui peut choisir où elle travaille.

Si difficile que fût la vie quotidienne, elles ne se sentaient pas malheureuses :

– Nous nous aimions trop pour ça !

Tous les soirs, elles se couchaient épuisées car elles ne disposaient d'aucun des conforts de la vie moderne :

elles faisaient la lessive à la main, pour le lait et le beurre il fallait traire l'unique vache qui restait à l'étable, pour se chauffer scier le bois et couper des bûches :

– Nous n'avions pas les moyens d'acheter du charbon.

Elles tricotaient les pulls et cousaient leurs habits dans des tissus achetés sur les marchés.

– C'est tout juste si nous n'avons pas cardé et filé la toison des moutons ! La mode n'était pas aux laines naturelles, personne n'en aurait voulu, mais s'il avait fallu, nous aurions appris. Rien ne nous rebutait. Je dirais presque : au contraire. Voyez-vous, il y a une certaine gloire à accomplir l'impossible, cela donne du bon orgueil. Le dimanche, nous allions à la messe, c'était encore obligatoire par ici si l'on voulait garder son rang, Albertine se tenait toute droite entre les deux petites, on saluait avec respect la dame de la Diguière et on se demandait comment elle pouvait me payer. Personne n'a su qu'elle ne me payait pas !

Les filles étaient parfaitement informées de la situation. Elles avaient dès l'enfance assisté – et lorsqu'elles surent calculer, participé – aux additions et aux soustractions compliquées des aînées. La nourriture et le chauffage étaient prioritaires. Pour la nourriture, il n'est pas nécessaire de l'expliquer, je fus surpris d'apprendre que la mérule, ce dangereux champignon qui se développe dans l'humidité froide et mange le bois des maisons à Bruxelles, était arrivée dans la région, ce qui obligeait à faire tourner la vieille chaudière toute l'année, sauf par canicule, puisqu'il était également nécessaire de nourrir les petites et de protéger la maison. Charlotte et Sarah n'eurent jamais les exigences propres à l'adolescence. Par une bienheureuse occurrence, la mode était aux jeans déchirés et à ce que l'on nommait les *chemises grand-père*, qui s'achetaient pour trois sous aux Puces : à l'école, on les envia d'avoir une mère qui permettait une vêture jugée choquante par les dames de la paroisse ! Elles prenaient des airs supérieurs et se tordaient de rire en rapportant ces commentaires à Albertine et Madeleine. Elles ne connurent pas les cours de danse classique, les leçons de tennis ou d'équitation de leurs compagnes et s'en moquèrent : elles avaient la Diguière. Princesses déguenillées couronnées de liseron, elles régnaient sur les orties, changeaient les citrouilles en Rolls-Royces, les chats en princes et la pauvreté en fantaisie.

En fait, les choses allèrent un peu mieux après une dizaine d'années. Un jour, Albertine vit une annonce dans un journal : un éditeur cherchait un correcteur. Elle savait qu'elle avait une excellente orthographe et une bonne connaissance de la grammaire, elle écrivit, n'y pensa plus, et après deux mois reçut une réponse positive.

– Il l'avait d'abord négligée car elle ne parlait d'aucun diplôme, et il pensait, le pauvre homme ! que le français s'apprend à l'Université.

Il lui montra les lettres qu'il avait reçues. Albertine comprit pourquoi elle avait été choisie et sut le plus grand gré à la décadence de l'enseignement. L'éditeur était spécialisé dans la publication de manuels scolaires et de livres scientifiques, dont les auteurs n'avaient pas une meilleure connaissance de la langue que les candidats correcteurs refusés. Il proposait des honoraires éblouissants pour ces deux femmes qui vivaient, en somme, dans la misère. Il mit un ordinateur et des disquettes à la disposition de sa nouvelle employée qui rentra terrifiée à la Diguière : elle eût jugé dangereux d'avouer qu'elle n'avait jamais vu ces bêtes-là ! Heureusement, Charlotte avait déjà les bases, elle enseigna ce qu'elle savait à sa mère et plongea dans les livres pour en apprendre davantage.

– Après quinze jours, Albertine rendait son premier travail et gagnait son premier argent. Il restait encore quelques très vieilles bouteilles de vin dans la cave : nous voulûmes fêter l'événement, nous en débouchâmes une, c'était du vinaigre !

Madeleine riait :

– Alors, les autres, nous les avons vendues au prix de leurs belles étiquettes. Bonne chance à ceux qui ont essayé de les boire !

Le pire était passé : désormais, elles pouvaient assurer leur entretien, nourriture et vêtements peu coûteux, mais pas celui de la maison. Si une vitre cassait, elles allaient chez les brocanteurs, achetaient ce qu'elles trouvaient, taillaient comme elles pouvaient et mastiquaient :

– Il y en a qui sont toujours là.

Je l'avais remarqué.

– Le soir, Albertine lisait des histoires aux petites. Quand ce fut *Robinson Crusoe*, elles éclatèrent de rire : Mais, maman ! dans cette maison, nous jouons Robinson ! Et ce fut un des premiers livres qu'elles-mêmes lurent à leurs filles.

Elle en était là de son récit quand Sarah rentra, un peu échevelée, la chemisette couverte de taches de sang.

– Oh ! Ma pauvre ! Dans quel état es-tu ?

– Épuisée et furieuse. As-tu quelque chose de propre ? J'avais pourtant dit à cette bourrique de Larcenoix qu'il faudrait une césarienne ! Mais non, il savait mieux que moi, pour sûr. La Blanchette a toujours vêlé sans problème, qu'est-ce que j'allais chercher ?

Je reculai discrètement, tournai le dos et regardai le jardin pendant que Sarah, qui avait vu que j'étais là, retirait sa blouse et mettait la tête sous le robinet pour se laver les cheveux, sans arrêter de parler.

– Comme je m'y attendais, j'avais tout mon matériel. J'ai presque dû me fâcher pour intervenir à temps, cet imbécile aurait laissé le veau s'engager !

– Ce qui aurait tué la mère, commenta Madeleine, en personne bien informée.

– Cette bête est trop âgée pour encore porter, mais Larcenoix est un vieil avare. Enfin ! J'ai sauvé tout le monde.

Le shampoing avait été rapide. Elle serra ses cheveux dans une serviette éponge, enfila un autre vêtement et se tourna vers moi :

– Voilà. Vous connaissez maintenant toute la vie d'un vétérinaire de campagne.

Ainsi que la forme ravissante de ses seins, ce qu'il ne me parut pas nécessaire de commenter.

– Je meurs de faim, Madeleine. Il a voulu me retenir pour le déjeuner, mais il n'en était pas question. Ladre comme il est, il l'aurait décompté de mes honoraires !

– J'espère que tu l'as salé.

– Compte sur moi. Il ira demander à Lherbier si je n'ai pas exagéré.

– Dois-tu le prévenir ?

– Non. Je ne voudrais pas qu'il pense que je doute de sa loyauté.

Elle s'attabla devant un grand saladier plein de laitue aromatisée à l'estragon. Pendant le récit de Sarah, j'avais, sur les indications de Madeleine, mis le couvert. J'allai chercher la salière et remplir la carafe d'eau sous l'œil approbateur de Sarah :

– Vous semblez parfaitement adapté à la maison, dit-elle.

– Je vis seul. Je suis capable de mettre ce qu'il faut sur une table.

– Vous faites votre propre cuisine ? demanda Madeleine.

– Certes. Sans talent, mais équilibrée.

Le repas fut rapide. Deux dames portant des paniers traversaient la cour vers la consultation :

– Ce sont les sœurs Letellier. Elles ont téléphoné ce matin : leurs chats ont la diarrhée.

– Je leur ai pourtant dit de ne pas donner de lait entier ! Allons, tant mieux : deux diarrhées et une césarienne, la journée sera bonne.

Je serais bien resté avec Madeleine pour écouter la suite de son récit, mais je craignis que les excès de ma curiosité déplussent et, après l'avoir aidée à faire la vaisselle, je me rendis dans ma chambre.

Où je continuai à prendre des notes. À ce moment-là, je ne savais pas encore pourquoi l'histoire de ces femmes me fascinait. Après tout, il ne s'agissait que du lent déclin d'une famille touchée deux fois par les crises financières du siècle et de jeunes personnes qui se débattaient pour gagner leur vie. Sarah me demandant cent euros pour la chambre de sa mère m'avait étonné, mais, me dis-je, encore plus le fait qu'elles eussent mené devant moi, le parfait étranger, cette conversation avec madame la Diguière et la discussion sur les prétendants. Je me souvins d'une plaisanterie qui faisait rire quand j'étais enfant :

– Elle tirait le diable par la queue. Un jour elle s'est dit : Pourquoi le diable ?

J'avais demandé à ma mère ce qui était si amusant. Elle me répondit que je saurais cela lorsque je serais grand.

Je ris. Je me promis donc de lui annoncer, la prochaine fois que je la verrais, que j'avais enfin compris.

Ce n'est pas la famille, me dis-je, c'est la maison. Elle est exceptionnelle. Demain, si la lumière est meilleure, je la photographierai.

Puis je me sentis fatigué. Mademoiselle Lambert m'avait invité à me reposer : j'allais suivre un si excellent conseil. J'ouvris la porte-fenêtre dans l'espoir que les chats viendraient me rendre visite et m'étendis. Je ne fus pas long à m'endormir.

Je fus réveillé par une voix au timbre très particulier, clair avec une petite raucité, je reconnus tout de suite Sarah :

– Tu as fais cette simulation ?

Mademoiselle Lambert parlait régulièrement de simulations, mystérieuses capacités de son ordinateur qui permettaient d'établir avec pertinence les budgets futurs.

– Oui.

Ce oui devait appartenir à Charlotte, l'informaticienne. Il fut suivi d'un petit silence.

– Holà ! C'est si moche que ça ?

– Ce coup-ci, je ne vois pas comment nous nous en sortirons. Nous sommes déjà en retard pour l'impôt foncier, il faut absolument réparer le toit avant l'hiver, s'il y a de nouveau des tempêtes, la bâche ne tiendra pas, et Jérôme dit que, pour la camionnette, tu ne t'en tireras pas à moins d'un millier d'euros, sans compter sa main-d'œuvre. À son avis, c'est de l'argent jeté, elle ne les vaut plus.

– Je ne vois pas comment j'en achèterais une autre.

– La pire occasion coûterait plus cher !

Elles se turent un moment.

Elles n'étaient qu'à quelques mètres de la fenêtre, probablement sur le banc que j'avais aperçu la veille, prenant le faible soleil qui tentait de percer à travers les nuages. Elles ne pouvaient pas ignorer que je me trouvais à portée d'oreille et paraissaient s'en ficher comme d'une guigne.

Ou bien ne s'en fichaient-elles pas du tout ? Je possédais une voiture coûteuse, j'avais une secrétaire, des associés, voyaient-elles en moi un riche parti pour leur mère ? Je ne retins pas cette idée saugrenue et me dis qu'elles m'avaient oublié.

– Si Vichy rate, nous sommes fichues, dit Charlotte.

– Il ne resterait que le bois de la Haute-Digue. Larcenoix rêve de l'acheter pour le lotir.

– Impossible. La famille a tenu deux siècles sans vendre de terrain : maman en mourrait.

– Je ne le supporterais pas davantage. Tu vois les petites villas-clefs-sur-porte nous pousser sous le nez ?

– Avec des pelouses et des balançoires pour les enfants !

– Et des nains de jardin ! Et des cabanes pour les tondeuses à gazon !

Elles rirent. On entendait clairement une note de désespoir dans ce rire-là.

– Peut-être n'était-il pas très judicieux de tout investir dans Vichy ?

– Charlotte, à peine si ces dix jours payaient la moitié du toit.

– Bon sang ! Comment en sommes-nous arrivées là ? Nous travaillons toutes les trois, nous gagnons notre vie !

– Trop peu. Toujours un petit peu trop peu. La Diguière nous dévore. Cette année, c'est le toit, l'an dernier les gouttières, avant ça la chaudière, et il faut chauffer même les parties que nous n'habitons pas pour protéger les charpentes, les notes sont démentes.

– Antoine m'a parlé de prendre une hypothèque.

– C'est absurde. Comment rembourserions-nous ? Autant vendre tout de suite.

– Tu es folle !

– Non. Oui. Tu as raison : tout le monde pense que nous sommes folles.

– Oh ! mais nous le sommes ! Si nous ne l'étions pas, en ce moment, en ce moment même, Charlotte, nous serions à L***, assises dans le séjour de notre quatre-pièces-cuisine-salle de bains meublé Ikea, sur des divans en simili-cuir, devant la grande baie vitrée qui donne sur le panorama de la ville, côté élégant, buvant l'apéritif, un martini *on the rocks*, si c'est encore à la mode, pendant que Madeleine, qui recevrait enfin des gages décents, préparerait le dîner, tu ne porterais pas des vêtements de seconde main et je ferais du vétérinariat de ville, avec des chats et des chiens, pas de césarienne ni d'insémination aux vaches. Au lieu de quoi nous sommes sur ce banc vermoulu qui, un de ces jours, va s'effondrer sous nos derrières, à regarder le ciel changer de couleur à l'ouest et le soleil lancer les derniers rayons de la journée sur le sommet du vieux chêne planté pour célébrer la naissance d'Octave Tremblay de la Diguière qui, s'il y avait une vie après la mort, se relèverait de son tombeau pour voler à notre secours, car nous avons été dignes de lui, nous avons consacré nos vies à son domaine, comme lui, comme son fils, comme le fils de son fils et comme feront nos filles si nous arrivons à en sortir.

Elle sanglotait. Je ne les voyais pas, mais je sentais dans mes chairs que Charlotte la tenait étroitement enlacée et pleurait avec elle.

– Nous y arriverons, mon cœur, nous y arriverons. Ne pleure pas maintenant, les petites pourraient te voir.

Sarah fit de son mieux pour rire :

– Ce soir. Quand elles seront couchées. Rendez-vous à onze heures dans la consultation et je pleure tout mon saoul.

J'étais ému – et gêné, car je suis si peu homme à effusions que même les effusions des autres me mettent mal à l'aise. Ces deux femmes appartenaient à une passion qu'elles avaient reçue de leur mère et qu'elles transmettaient à leurs filles, elles étaient les maillons d'une chaîne que le temps attaquait, elles défendaient leur héritage comme on défend son identité, sa vie, son destin, et je me sentis honteux d'avoir compté mes petits euros, et peut-être obscurément jaloux, moi qui n'ai pour passé qu'une mère sans attaches et qui n'ai pas fait d'enfants car je n'aurais rien eu à leur léguer.

Elles s'éloignèrent. Je pensai à la joyeuse tablée de la veille, aux plaisanteries, aux rires, et me dis qu'elles pratiquaient la gaieté comme on s'exerce à l'escrime, pour être prêtes au moment de la bataille, dures combattantes qui ignoraient tout de la reddition, mais aussi que ce domaine était leur bonheur, comme l'amant est le bonheur de l'amante, qu'elles riaient car elles étaient heureuses d'être là, entre les bras de l'objet aimé, dans les murs de leur maison, si dénudée qu'elle fût, parcourant la cour pavée comme avaient fait leurs ancêtres, les pas dans leurs pas, sentant dans leurs poitrines battre le cœur des générations, elles étaient chez elles comme on est chez soi dans son corps, l'unique bien que l'on puisse posséder jusqu'à ce que mort s'ensuive, et que leurs enfants, et les enfants de leurs enfants y vivent à leur tour.

Alors, pensant à l'appartement clair et lumineux que j'ai acheté, transformé, décoré selon mes goûts, qui sont stricts, et même, d'après ma mère, puritains, rien ne s'y trouve qui ne me plaise, tout le monde s'accorde pour penser que c'est une vraie réussite, un lieu de calme et d'harmonie, mais je n'ai pas d'héritier et je ne sais pas ce qu'il en adviendra après ma mort, je fus pris d'une grande tristesse. Que, contrairement à ma nature, qui m'ordonne toujours d'être raisonnable et qui confond aisément la sensibilité avec la sensiblerie, je m'efforçai de ne point chasser.

Je sortis de la chambre un peu avant l'heure du dîner. Le grand salon était dans une demi-pénombre. Il y avait un interrupteur à côté de la porte, qui alluma une seule lampe, nue au bout de son fil. Je regardai mieux, et compris pourquoi j'avais désapprouvé le papier Liberty : les murs étaient sans ornements, alors que le XVIIIe siècle affectionnait les boiseries, les lambris, les moulures. Tout avait été démonté – et vendu, cela allait de soi –, on avait replâtré et tapissé. Déjà dès 1917 ? ou après 1929 ? Il aurait fallu repeindre dans un ton gris pâle, on avait sans doute voulu déguiser le dénuement et redécorer selon une mode déjà un peu dépassée, mais qui avait dû plaire à la dame la Diguière du moment.

Comme j'étais seul, je cédai de nouveau à la curiosité. La grande pièce qui jouxtait la chambre d'Albertine était vide, la suivante, sommairement meublée, devait parfois servir de chambre d'amis : un lit, une armoire et une forte odeur de renfermé. Je concevais que l'on n'eût pas tenté de m'y loger, il aurait fallu trois jours de fenêtres largement ouvertes et de nettoyage avec détergents bien odorants pour la rendre habitable. Comme dans la galerie, la cheminée avait été retirée et remplacée par un petit poêle à bois. Restait-il, dans cette maison, quelque chose qui n'eût pas été monnayé ?

Il était temps d'aller à la cuisine.

La famille était à table, Madeleine commençait à servir et, comme je n'avais pas été attendu, je compris que j'étais devenu un familier. Je fus surpris d'y voir à nouveau Jérôme et Antoine : je me dis qu'il dînaient là tous les soirs – en demi-pension : vingt euros ? me demandai-je, mais sans l'ironie que j'y eusse mise la veille.

La conversation était engagée et se poursuivit. La camionnette de Sarah faisait l'objet d'une ardente discussion : Jérôme avait trouvé des freins de remplacement dans un dépôt de voitures cassées, mais il affirmait que c'était la dernière fois, qu'ils n'étaient pas en bon état, et que Sarah allait se tuer au prochain tournant.

– Maman, l'état d'orpheline ne conviendrait pas à mon genre de beauté, dit Adèle.

– N'oublie pas, avant de t'écraser sur un arbre, de donner à ta sœur les mots de passe de tous les fichiers, ajouta Clémence.

– Je ne vois pas comment je ferais Mercier, Larcenoix et Pâturier cracher les honoraires qu'ils te doivent encore, compléta Charlotte.

– Sans lesquels je ne garantis pas de pouvoir vous nourrir, acheva Madeleine.

Maintenant, je comprenais que ces mauvaises plaisanteries étaient des mots d'amour.

– Vous êtes d'un pessimisme désespérant. Je ne roule jamais vite.

– Écoute, dit Jérôme, pour quinze cents euros, je te trouve une occasion décente.

– Où veux-tu que je trouve quinze cents euros ?

Je pensais, immensément gêné, au prix de ma voiture. Le rouge me monta au front. Allais-je oser proposer un prêt ? Elles n'accepteraient pas : *Comment rembourserions-nous ?* avait soupiré Sarah lorsque Charlotte lui avait parlé d'hypothèque.

– Mais ta suspension claquera la prochaine fois que tu prendras une vache en stop.

– Je ne prends pas les vaches en stop !

– L'autre jour, tu as amené un mouton dans la salle d'opération.

– Je ne pouvais pas intervenir là-bas. Les conditions sanitaires y sont lamentables.

Cela continua ainsi jusqu'au fou rire général, auquel je participai de bon cœur, tout en me disant qu'il y avait un art de vivre dans cette manière de traiter la catastrophe.

Un peu plus tard, Antoine me demanda s'il m'intéresserait d'aller voir la charpente. J'acceptai avec enthousiasme et me retrouvai tout soudain discourant sur la beauté des charpentes, le plaisir que l'on a à sentir l'équilibre des structures, l'organisation des forces, évoquant celle de la maison de Jacques Cœur à Bourges et celle de la grange de Lisseweghe et, à ma grande confusion, écouté avec la plus complète attention. Je suis naturellement peu enclin à me laisser aller de la sorte, parce que je sais que je ne suis pas bon orateur, je forme mal mes phrases et je me répète : cela ne semblait aucunement déranger mon auditoire, qui se mit à me presser de questions. On s'intéressait au contenu de ce que je disais, pas à ma façon de le dire, et quand je cherchais un mot, il y avait toujours quelqu'un pour me le souffler. Ces femmes *naturelles* me rendirent naturel pendant dix bonnes minutes, je leur en saurai toujours gré !

Le repas terminé, chacun prit ses couverts et son assiette et alla les laver dans une grande bassine d'eau savonneuse. Je compris que c'était l'usage et que la veille j'avais été traité en invité. On disposait les ustensiles sur des égouttoirs accrochés au mur, qui servaient aussi d'étagères de rangement : cela me parut très astucieux.

– Je crois que je copierai votre idée dans la prochaine cuisine que je dessinerai. Sarah, vous me direz où verser les droits d'auteur ?

– Comptez sur moi, répondit-elle en riant. Je suis rapace.

Après quoi, je suivis Antoine dans les combles.

Nous montions et je gravissais à l'aise les marches au large giron, bien typiques du XVIIIe siècle. Tiens ! me dis-je, voilà quelque chose qui n'a pas été vendu ! À l'étage, un couloir transversal très spacieux avait dû fonctionner comme antichambre, on y voyait encore deux vieux fauteuils et un guéridon bancal. Le couloir central allait d'un bout à l'autre de la maison, je comptai six portes de chaque côté. La dernière ouvrait sur un vestibule d'où partait un escalier raide mais large.

Ce fut l'émerveillement absolu. Les rayons du soleil couchant passaient à travers les tabatières qui n'étaient pas obturées par la bâche, éclairant un espace d'une seule venue que rythmaient les entraits posés sur les jambes de force. Je retrouvais les proportions parfaites qui caractérisent partout cette maison, l'équilibre puissant d'une structure si juste, si évidente qu'elle semble naturelle, comme si tout s'était mis en place de soi-même.

– Pas mal, hein ? dit Antoine.

J'avais la gorge nouée par l'émotion.

Il avança vers le milieu du grenier :

– Mais là, le voligeage a souffert lors de la tempête. Une grosse branche s'est abattue sur le toit – pire que s'abattre : elle a été comme lancée par le vent – la réparation ne sera pas simple. Il faudra faire venir le châtaignier de Bourgogne et vous savez sans doute qu'on ne trouve plus guère d'ardoises en Ardennes. À la limite, il faudrait aller les choisir à Angers, en trouver qui aient le bon format, la juste couleur, la résistance adéquate, mais le plus sûr est le Portugal. J'ai fait venir des échantillons, je ne suis pas vraiment satisfait, de toute façon, l'argent manque.

– Est-ce que la maison est classée ? Vous pourriez avoir des subsides.

– Non. Elle a été refusée. Quand ils ont vu l'état de la galerie, et qu'on avait vendu tous les lambris…

– C'est de la cuistrerie. Ce qui compte, ce n'est pas la décoration !

– Allez dire cela à une commission de province qui croit que l'architecture c'est la dorure !

Je savais qu'il avait raison. Je ne suis pas expert en réparations de ce genre, mais je me dis qu'on ne devait pas être loin des cinquante mille euros.

– On peut attendre un an, pas davantage. Et il faudrait que ce soit une année sans tempêtes, rien n'est moins certain, ma bâche est bien accrochée, mais tout de même…

Lorsque nous revînmes dans la cuisine, les filles étaient au téléphone, conversant avec Albertine.

– Maman, tu ne peux pas aller au concert avec ces femmes ! Tu vas te dévaloriser ! Tu leur parles plus de dix minutes, tu prends dix ans.

– Pas du tout. Vous ne les avez pas vues : ce sont des faire-valoir. D'ailleurs, je vais vous les montrer : ouvrez l'ordinateur, je vous envoie une photo.

– Une photo ? mais…

– Parfaitement. Dans un hôtel de ce niveau-ci, il y a de petites cabines équipées pour les gens d'affaires, avec tout le matériel informatique nécessaire. Ouvrez, vous dis-je.

– Tu sais bien qu'il est dans la consultation. Il y en a pour un quart d'heure.

J'intervins :

– Le mien est là, tout prêt. Si vous donnez mon adresse à madame la Diguière, elle n'aura qu'à s'en servir.

Cela prit quelques minutes, et nous vîmes apparaître la photo : je ne vis d'abord qu'Albertine. Je me doutais qu'elle devait être belle, mais pas à ce point-là. Les cheveux gris mêlés d'argent encadraient un visage au teint ambré, que l'âge marquait à peine. Elle portait des boucles d'oreilles de perles grises, certainement fausses, mais qui mettaient en valeur les yeux clairs, à peine fardés. La robe était grise aussi, lumineuse, coupée dans un tissu souple, qui dessinait sans révéler, une perfection de délicatesse et de discrétion. Madame la Diguière rendait voyantes les deux femmes qui l'entouraient, dans leurs petits tailleurs plus ou moins Chanel, avec des écharpes, des colliers, et ces cheveux teints qui tournent toujours au roux.

Les filles soupirèrent :

– Tu es sublime !

– Quand je vous le disais. Et voici monsieur Fontanin. C'est moi qui ai pris la photo.

Grand, mince, si bien mis que l'on devinait le tailleur élégant, un foulard dans le col de la chemise, il souriait d'un air particulièrement amical.

– Très couchable, déclara Sarah.

– Pas d'indiscrétion, je t'en prie. On dit : épousable.

– A-t-il fait sa demande ?

– Pas encore.

– Qu'attend-il ?

– Des encouragements.

– Et tu ne les donnes pas ?

– Je suis très réticente. J'insiste beaucoup sur la médiocrité de mes revenus et l'importance de mes charges de famille.

– Hé là ! Tes filles gagnent leur vie !

– Oui, mais la maison nous ruine. Et j'ai deux petites-filles dont il faudra payer les études.

– Tu vas lui faire peur.

– J'y compte bien ! Il faut que la passion étouffe la raison.

– Mais il a soixante-sept ans, grand-mère ! Est-ce qu'on a encore de la passion à soixante-sept ans ? se récria Adèle, provoquant un tollé général.

– *On*, je ne sais pas, dit Madeleine avec fermeté. Mais une la Diguière en provoque à tout âge.

– Qu'en sais-tu ? Il n'y a jamais eu que d'honnêtes femmes dans cette famille.

– Et que fais-tu des amours sans espoir ?

– Ça, c'est de l'archéologie.

– Adèle, écoute les grands ! Comment l'encourageras-tu à la faire, cette demande ?

– Je ne l'encouragerai pas du tout. Il n'y tiendra plus. Hier soir, j'ai dîné avec monsieur Longin. Il a détesté cela.

– Il te l'a dit ?

– Presque. Il m'a assuré qu'il était prêt à se laisser pousser la moustache.

– Excellent. Et qu'as-tu répondu ?

– Je l'ai longuement regardé et j'ai fait un petit signe négatif. Alors, il m'a demandé de dîner avec lui ce soir, après le concert.

– Diable ! Que vas-tu faire de tes faire-valoir ?

– Elles se couchent tôt. Pour l'instant, il m'attend en bas, je suis censée me préparer.

– Que vas-tu mettre ?

– J'hésite. En passant, j'ai vu que la plupart des femmes dînent en petite robe noire, avec collier de perles. Je n'ai pas de collier de perles.

– Heureusement, dit Clémence. Je suis contre la petite robe noire.

– C'est trop banal, déclara Adèle.

Ces demoiselles avaient des idées très précises sur l'élégance. Je pensai aux nombreux dîners avec dames en petites robes noires que j'avais endurés dans ma longue vie, et je fus d'accord avec elles.

– D'ailleurs, ma seule robe noire date de la mort de votre grand-père : cela me donnerait le cafard. De plus, elle est à la Diguière !

– Alors ?

– Je pense au tricot de soie blanche que Clémence m'a prêté.

– Avec ma jupe gris pâle et son étole, ajouta Sarah.

– Au sortir du restaurant, tu risques d'avoir froid. Prends mon châle, dit Madeleine.

– Ce n'est pas possible, il est bleu.

Madeleine soupira.

– Tu as raison. Mais s'il fait froid ?

– Je frissonnerai. Il mettra sa veste sur mes épaules.

Les filles poussèrent des cris d'admiration :

– Après cela, on épouse ! C'est obligatoire ! Tu dois absolument frissonner !

Je me retenais fermement de rire et je me souvenais de toutes les fois où j'avais mis ma veste sur les épaules d'une jolie personne par une soirée fraîche en me disant que j'en apprenais plus sur les femmes que pendant les cinquante années qui avaient suivi ma puberté. Par quel miracle avais-je évité de me marier ?

– Tout cela est très bien, mais il faudrait que tu en saches davantage sur sa situation de famille. A-t-il des enfants ? dit Charlotte, la femme de raison qui gardait toujours ses objectifs bien en vue.

– Je ne crois pas. Il n'en a jamais parlé. Il les aurait évoqués quand je parlais de vous.

– Ou des frères ou des sœurs, qui auraient des droits ?

– Il n'est pas question que je l'interroge. Je ne suis pas une femme intéressée par l'argent.

– Qui irait imaginer cela ?

– Mais je suis sûre qu'il m'en parlera de lui-même quand il fera sa demande.

– Grand-mère, le suspens est intenable ! Et s'il ne la faisait pas ?

– Longin la fera. Il m'a dit qu'il est veuf, sans enfants, et qu'il souffre de sa solitude.

– Et la moustache ?

– Une moustache, cela se rase, dit Charlotte. Mais il faudrait reprendre en main son entreprise, qui stagne. Cet homme n'est pas ambitieux.

– Le temps de la relancer, le toit serait foutu.

– De toute façon, je préfère Fontanin, dit Adèle.

– Que peux-tu faire pour accélérer les choses ?

– Rien. Dîner tranquillement, comme une femme qui n'a pas de souci plus grave que de critiquer la médiocre interprétation de Schumann qu'elle vient d'entendre, et d'interdire qu'on lève les filets de sa sole meunière.

– Grands dieux ! Et cela excite un homme ? gémit Adèle. As-tu vu comment font Lauren Bacall et Charlotte Rampling ?

La conversation s'acheva dans le tohu-bohu. L'idée générale était que si Adèle se figurait la vie amoureuse selon le cinéma, elle s'exposait à de graves déboires, puis tout le monde souhaita bon appétit à Albertine.

– Parmi tant d'agitation, j'ai oublié de vous dire que les pièces sont arrivées à l'aéroport, me dit Jérôme. Mon mécanicien ira les chercher demain, il rend visite à sa mère, en ville. J'ai tout démonté, le travail pourra commencer lundi.

– Cela vous prendra combien de temps ?

– Je ne peux pas vous dire. Je ne connais pas bien cette voiture, il ne faudra pas faire d'erreur, je ne compte pas me bousculer.

Je m'entendis, avec stupeur, lui dire qu'il ne se presse pas. C'est ainsi que je découvris à quel point le séjour à la Diguière me charmait.

Car, vraiment, je suis encore étonné de m'être si aisément laissé persuader de rester. Mon style est plutôt de me croire irremplaçable, en dissimulant cette prétention comme je peux, ainsi que le bon ton l'exige. Étais-je si fatigué ? Il est certain que je n'avais pas pris de longues vacances depuis plus d'un an, mais je ne crois pas au pouvoir reposant des vacances. Trois ou quatre jours par-ci, par-là me suffisent – d'ailleurs, après le séjour à la Diguière, je me sentis parfaitement dispos. Évidemment mademoiselle Lambert avait tout organisé, elle adore régler ma vie et mon travail et comme c'est une secrétaire parfaite, je ne rechigne jamais à flatter son sentiment de mieux s'occuper de moi que moi-même, mais d'habitude je ne la laisse pas dépasser certaines limites. En fait, le jeudi matin, après que Jérôme eut fini son diagnostic, j'aurais très bien pu me faire envoyer une voiture de location à partir de L*** et être de retour au bureau en début d'après-midi : l'idée ne m'en vint même pas. Avais-je été séduit par la beauté de la maison, les récits de Madeleine, les jolis seins de Sarah ? En tout cas, l'ensemble me tourna la tête et fut renforcé ensuite par les petites impertinences d'Adèle et la conversation avec Vichy.

La compagnie se dispersa : Charlotte allait au cinéma avec Antoine, Sarah devait revoir sa vache, les petites montaient se coucher.

– Et ne vous endormez pas trop tard, même s'il n'y a pas école demain.

– Pas de danger : je dois revoir mes maths, j'ai examen lundi, dit Clémence.

– Tu connais tout ! soupira Adèle. Moi c'est histoire-géo, il y en a gros comme ça.

– Je vais en profiter pour finir mon repassage, dit Madeleine.

Et se tournant vers moi :

– Si vous avez envie d'une tisane avant d'aller vous coucher, je me fais toujours une verveine, que nous pourrons partager.

Je dis que j'adorais la verveine, ce qui était un mensonge caractérisé, mais j'étais prêt à en boire deux théières pour bavarder avec Madeleine. Pendant qu'elle remplissait la bouilloire, j'allai, sur ses indications, prendre la planche à repasser dans une des pièces du fond.

– Vous semblez vous plaire ici, dit-elle.

– La maison est admirable, j'en ai rarement vues d'aussi belles, et l'accueil est exceptionnellement amical.

– C'est le charme des familles anciennes, où l'on a gardé les bonnes manières. Jadis, il y avait toujours des visiteurs, les chambres étaient occupées presque toute l'année.

– Jusqu'aux premiers revers de fortune, en 1917 ?

– Vous avez de la mémoire !

– Je vois qu'Antoine et Jérôme sont des convives réguliers.

Elle rit doucement :

– Ils sont amoureux. Tous les six mois, Jérôme demande à Sarah de l'épouser.

– Et Antoine demande Charlotte ?

– Seulement tous les deux ans.

– Mais elles refusent ?

– Oh ! elles ne refusent pas tout. Elles disent qu'elles les aiment trop pour les laisser épouser une fille la Diguière et s'y ruiner.

– Mais alors ? Madame la Diguière ?

– Là, c'est différent. Il s'agit de trouver un homme très riche qui puisse sauver la maison, pas d'engager dans une entreprise impossible un garçon qui gagne normalement sa vie. Elles les aiment trop pour leur faire ça.

– Mais dites-moi, madame Gend… excusez-moi : Madeleine, est-ce que ce n'est pas un peu fou ?

– Ce l'est tout à fait. Je vais tout vous expliquer, mais d'abord il faut que je vous dise pourquoi je ne veux pas de *madame Gendron*, sinon, vous allez continuer à vous tromper. Je vous ai raconté qu'Octave avait épousé ma mère : dans l'élan, il a prétendu m'adopter. J'ai dit que je ne voulais pas, et j'ai cru que les choses en resteraient là. Mais il a entrepris les démarches sans m'en parler. Comme il n'a plus vécu que deux mois, cela m'est sorti de la tête. Ma mère m'a fait signer l'un ou l'autre papier, je n'avais aucune raison de me méfier d'elle, je n'ai pas regardé. On ne m'y prendra plus ! Et un jour, mes nouveaux papiers d'identité sont arrivés, j'ai découvert que je me nommais désormais Madeleine la Diguière ! Je crois que ce fut la plus grande colère de ma vie. On ne fait pas cela à une femme ! Albertine n'était pas plus avertie que moi, elle a essayé de me consoler en me disant que, de toute façon, nous avions toujours été comme deux sœurs, et mille choses tendres. Mais je ne suis pas une la Diguière, moi, je suis une Gendron, née d'une famille de Gendron !

Elle bouillonnait encore.

– Et puis, cela créait des problèmes d'héritage : je devenais copropriétaire du domaine. Quels que fussent ses efforts de dissimulation, je voyais bien qu'Albertine ne supportait pas cette idée. En fait, ce fut le plus facile à régler : nous sommes allées chez le notaire et je lui ai vendu ma part pour un franc symbolique – que j'ai gardé ! Il est dans un écrin, sur un petit coussin de satin rose. Mais il me restait le nom.

Elle se tut un instant. Je commençais à deviner sa technique de conteur : il fallait lui laisser le temps d'un petit silence, puis répéter le dernier mot d'un ton interrogateur.

– Le nom ?

– Je n'avais jamais pensé qu'une femme pouvait changer de nom par adoption, mais j'avais toujours su que cela se fait en se mariant. J'ai donc épousé mon cousin.

Elle dit cela comme on évoque une bonne plaisanterie.

– Un gentil garçon, beaucoup plus jeune que moi, qui m'aimait bien, mais qu'aucune fille ne voulait épouser car il était bossu, avec une mauvaise santé. Ah ! je vous promets qu'Albertine et moi l'avons soigné de notre mieux ! J'ai même couché avec lui, je lui devais bien cela pour le nom, n'est-ce pas ? et il était si content d'être traité en homme. Il a eu deux années de bonheur, et puis la leucémie l'a emporté. Il n'avait pas vingt ans.

Elle hocha la tête :

– Même si elles ne sont pas du sang, les femmes la Diguière ne portent pas chance aux hommes, ces temps-ci. Peut-être Sarah et Charlotte ont-elles raison de ne pas épouser ? En tout cas, je suis redevenue Gendron. Mais, au fond, avec toutes ces histoires, je ne suis sûre que de mon prénom.

– Je promets de ne plus me tromper, Madeleine.

– Il est étrange, n'est-ce pas ? qu'Albertine et moi ayons toutes deux, pour des raisons différentes, épousé nos cousins et gardé nos patronymes…

Pendant son récit, elle avait ouvert la planche à repasser, préparé la théière et versé la détestable verveine dans les tasses. Elle me proposa du sucre, et j'en mis beaucoup, espérant que cela couvrirait le goût, et ne réussissant qu'à transformer l'infusion en sirop. J'eus un brusque accès de simplicité :

– Madeleine, j'ai menti. Je n'aime pas la verveine. Je voulais seulement rester bavarder avec vous.

Elle eut ce rire très joyeux qui m'avait déjà frappé.

– Pour votre punition, je devrais vous obliger à la boire, mais j'ai le cœur tendre. La bouteille de vin est là, versez-vous-en un verre.

Qui me décapa le palais. Chantal et Michel, mes amis de Besançon, nomment cela *désucrer*.

– Et aidez-moi à plier les draps de lit. Je ne les repasse pas, je trouve ça absurde, on y passe une demi-heure pour un drap, on s'y couche et on le chiffonne en deux minutes. Quand j'ai déclaré que l'on ne repasserait plus les draps dans cette maison, ma mère a failli avoir un coup de sang. Mais comme c'était après l'histoire de l'adoption, dont elle m'avait tout caché, elle se sentait coupable envers moi et ne discutait plus mes décisions.

C'était la première fois de ma vie que j'étais prié d'accomplir une telle tâche et j'eus besoin de toute ma concentration d'esprit pour la remplir correctement. Je crois que je fis si bien que Madeleine ne sut pas qu'elle avait affaire à un débutant.

L'idée de Vichy était apparue par jeu, après une des simulations de Charlotte, qui ne pouvait pas s'empêcher de les renouveler tout le temps, dans l'espoir qu'elle aurait, la fois d'avant, oublié quelque chose de rassurant. Elle regardait son écran d'un air sombre.

– Même si Durieux m'accorde l'augmentation que j'ai demandée, si Sarah arrache de meilleurs honoraires à ses clients et si ton foutu éditeur, maman, n'avait pas systématiquement six mois de retard dans ses paiements, je ne vois pas comment nous nous en sortirions. Il nous faut quinze mille euros avant la fin de l'été.

Ce chiffre n'avait rien de neuf.

– Et il n'y a presque plus rien à vendre, soupira Albertine. En tout cas, pas assez.

Sauf le domaine, j'avais entendu Sarah et Charlotte un peu plus tôt, dans l'après-midi.

– Une grosse rentrée. Un héritage. Il y a des gens qui reçoivent la visite d'un notaire, un oncle est mort en Amérique, on cherche les héritiers depuis des années, rêva Sarah.

– Nous avons l'arbre généalogique complet de la famille depuis 1750 : rien à espérer.

– Tu devrais te remarier, maman. Je vois très bien cela : un homme riche, il peut également être cultivé et bien élevé.

Albertine rit gentiment :

– J'y compte. À mon âge, on devient difficile.

Sarah poursuivit son idée :

– Mais de santé fragile. Aucune famille, et tu serais son unique héritière.

– Ne me le tuez pas si vite.

– Ah ! s'il paie les factures, nous serons généreuses. Évidemment, Vautrin a toujours été amoureux de toi, mais il n'a pas les moyens.

– Il ne m'a jamais demandé de l'épouser.

– Par timidité, dit Charlotte. Tu es beaucoup trop belle pour lui.

– Belle ! Belle ! Comme une femme de cinquante-cinq ans. Les hommes riches prennent des filles jeunes.

– Et ils sont cocus. Un homme intelligent ne fait pas cela.

– Tu le veux non seulement riche, mais intelligent ?

– C'est une question de confort familial, je ne vois pas comment nous supporterions un imbécile.

– Tu devrais d'abord penser à ta mère et te dire qu'*elle* ne le supporterait pas.

– Voyons, Madeleine, tu connais son esprit de sacrifice : elle ferait tout pour nous sauver.

– Et où me trouverez-vous cette perle rare ?

– Pas ici, c'est sûr, dit Charlotte.

– Une ville d'eaux ! s'écria Sarah. Je ne vois qu'une ville d'eaux. Ils vont y faire des cures, ils s'ennuient, ils cherchent de la compagnie. À Vichy, ils ont le foie en mauvais état, une cirrhose, de l'insuffisance, à

Plombières, ce sont les reins, si j'ai bonne mémoire, il y a Dax pour les dyspepsies, les scrofuleux à La Bourboule, la tuberculose et l'asthme à Amélie, la syphilis aussi, et les entérites chroniques à Évian, tu choisiras la pathologie que tu préfères.

Ce qui provoqua, bien entendu, des cris d'horreur.

Charlotte referma son ordinateur qui n'avait rien de plaisant à lui dire et elles brodèrent toutes les quatre sur les villes d'eaux, où rôdaient, certainement, une profusion de milliardaires déçus par l'amour, ni scrofuleux, ni syphilitiques, avides de rencontrer, enfin ! la femme de leur vie et de lui ouvrir leur cœur et leur compte en banque.

– Car tout le monde sait que le cœur est le sésame des comptes en banque.

Jadis, Albertine était allée à Vichy avec son mari, elle ne savait plus pourquoi, mais pas pour le foie. Elle avait le souvenir d'une architecture élégante – bien entendu, une la Diguière devait être sensible à l'architecture ! – de promenades à travers des parcs, sous de gracieuses arcades et d'hôtels fin de siècle – le XIXe, naturellement – où l'on dînait en robe du soir, sous le regard critique de serviteurs compassés, prêts à relever la moindre faute de goût. De vieux messieurs et de vieilles dames mangeaient seuls, chacun à sa table, des poissons bouillis, agrémentés de quelques gouttes de jus de citron, et des carottes :

– Vichy, bien sûr !

En arrivant, ils s'adressaient de discrètes salutations. Parfois on s'arrêtait, on échangeait quelques paroles. Albertine et Octave remarquèrent deux curistes qui, lorsque les garçons de salle avaient le dos tourné, commentaient le temps qu'il faisait et comparaient le poisson du jour à celui de la veille.

– Un flirt !

– Voilà qui valide mon idée, déclara Sarah.

Mais c'était un hôtel à cinq étoiles, lieu inaccessible à une femme qui avait besoin de quinze mille euros avant la fin de l'été.

Charlotte suggéra un emprunt :

– Je me vois très bien expliquant à mon banquier que c'est pour trouver un mari à ma mère.

– En plus de la chambre, il faudra compter des robes et des bijoux : je n'accrocherai pas un milliardaire en étant habillée aux Trois Suisses.

– Tu ne t'habilles jamais aux Trois Suisses : ce n'est pas dans nos moyens, bougonna Madeleine.

– Faux, les bijoux, dit Sarah. Comme à son âge il sera presbyte, il ne verra pas la différence.

Elles étaient lancées :

– Une grosse fortune et une cirrhose !

– Tu seras le dernier amour de sa vie.

– Et nous adorerons son héritage.

Madeleine se souvenait avec une précision parfaite de cette conversation : c'est à ce moment-là que les petites rentrèrent.

– Quel héritage ? demanda Clémence.

– Celui qui nous viendra du prochain mari de ta grand-mère, lui répondit-on.

Elle prit la chose avec le plus parfait naturel :

– C'est une bonne idée. Je viens de lire un article où l'on explique que pour les personnes du troisième âge, une activité sexuelle régulière est excellente, c'est le régulateur le plus naturel de la fonction cardiaque.

Le *troisième âge* souleva une tempête de protestations.

– Et je ne te permets pas de commenter la sexualité de ma mère, dit Sarah entre deux éclats de rire.

– Hé ! C'est maman et toi qui avez commencé !

– Ne confonds pas : nous avons parlé de mariage, pas de sexe.

Adèle vint au secours de sa cousine :

– D'après ce que j'entends dire, il y aurait comme un rapport entre les deux ?

– Et même un rapport sexuel ? insista Clémence.

– Il n'est pas de votre âge de savoir ces choses.

– Nous ne savons rien, nous le jurons ! Nous avons oublié tout ce que tu nous as appris.

Cela avait commencé par jeu à huit heures du soir, c'était devenu un projet à dix heures. Quand tout le monde se fut retiré pour la nuit, Albertine alla devant son miroir et s'examina longuement. Je l'ai vue plus tard, je dirai comment : il est vrai qu'elle était très belle. L'âge l'avait peu marquée. J'ai oublié d'être coquette, se dit-elle. Elle avait ces cheveux blonds qui ne grisonnent pas mais prennent des reflets argentés, elle les portait longs, serrés en un chignon noué n'importe comment. D'un geste vif elle les délivra, puis secoua la tête et fit la moue. Ils étaient abondants, retombaient bien lourdement sur les épaules, oui, mais ce n'est pas une coiffure pour une femme de cinquante-cinq ans, c'est bon pour les jeunes, pensa-t-elle, agacée par sa négligence. Alors, elle prit une paire de ciseaux et les coupa bien droit, d'un côté à l'autre. La transformation la stupéfia.

– Elles ont raison. Je vais essayer Vichy.

Son propre ordinateur – enfin : celui que lui confiait l'éditeur pour son travail – ne comportait pas de *modem*. Elle se rendit à la consultation, alluma l'ordinateur de Sarah, et se brancha sur Internet. Elle trouva sans difficulté Christie's, Drouot, d'autres grandes références.

À minuit :

– Cela me fera dix jours dans un cinq étoiles.

Rentrée dans sa chambre, elle regarda le secrétaire et la bibliothèque de Serrurier-Bovy. Elle savait qu'ils étaient d'une perfection exceptionnelle. Son arrière-grand-oncle, l'Octave de la branche cadette, s'était épris du modern style dès 1895, peu après l'apparition de ce que l'on nommait, par dérision, le style nouille, et en avait entièrement meublé sa maison, envoyant au grenier le Napoléon III et le Restauration. Il avait tout apporté à la Diguière lors de la première catastrophe financière, celle de 1917, cela faisait plusieurs salles à manger, des chambres à coucher et des salons dont on ne sut que faire dans une maison déjà complètement meublée. On les avait donc montés au grenier, où personne ne les voyait, donc ne s'en éprenait, et vendus dans les années 60, bien en dessous de leur valeur, idée qui faisait encore frémir de rage la pauvre Albertine ! Seuls le secrétaire et la bibliothèque Serrurier-Bovy avaient trouvé place dans la chambre d'Octave le cadet, devenue plus tard celle d'Albertine. Elle avait fait ses devoirs sur l'écritoire et rangé ses livres d'école derrière la grande porte vitrée. Des larmes lui montèrent aux yeux, qu'elle laissa couler sans résister à l'émotion.

– Mes petits jolis, faites de votre mieux pour sauver la Diguière, murmura-t-elle.

Là, Madeleine, pensive, se tut. J'attendis un moment, puis :

– Sauver la Diguière…

– Elle levait les amarres, vous comprenez. Quand une femme se coupe les cheveux…

Elle eut un petit rire :

– Je l'ai fait une fois, moi aussi. Il y a très longtemps. Ils ont repoussé. Je n'étais pas allée très loin… Pas même aussi loin que Vichy. Mais je n'ai jamais eu la force de caractère d'une la Diguière.

J'aurais bien voulu en savoir davantage sur ces amarres-là, mais je n'osai pas la questionner, ce qu'aujourd'hui je regrette vivement, car il est trop tard. Je me consolai comme je pus :

– Cela fait deux ou trois fois que j'entends parler de Vautrin.

Il n'en fallait pas davantage pour lancer Madeleine :

– Notre plus proche voisin. Il a une grosse ferme, c'est une entreprise qui marche bien, mais pas assez pour soutenir un domaine aussi coûteux que la Diguière. Il ne s'est jamais marié, au grand regret de plusieurs jeunes filles. Maintenant encore, il pourrait épouser qui il voudrait, mais il a toujours été amoureux d'Albertine.

– C'est une passion ?

– Eh oui ! Vous le verrez certainement : il n'a pas le physique à jouer *Les Souffrances du jeune Werther*, c'est un homme solide, qui a les pieds sur terre, pas du tout la tête dans les étoiles, et depuis quarante ans il ne se déprend pas d'une femme qui ne lui a jamais donné le moindre espoir.

– Il est malheureux ?

– On pourrait l'imaginer, mais il n'en dit rien à personne. Il est toujours là quand on a besoin de lui et vous comprenez que dans un domaine comme celui-ci, si vigoureuses qu'elles soient les femmes ne suffisent pas à tout.

L'idée d'aimer toute sa vie une femme qui ne répond pas me laissa rêveur.

Le lendemain matin, Albertine téléphonait chez Drouot et parlait à un expert qui se montra sceptique :

– Des Serrurier-Bovy ? et où dites-vous qu'ils sont ?

– Chez moi, Monsieur. Je suppose que vous avez une copie du facturier ?

– Heu… naturellement.

– Alors, cherchez en 1896, Octave la Diguière. Qui habitait Paris à l'époque.

Son aplomb impressionna. Après quelques minutes :

– Vous avez raison. Comment est-il possible que nous ne l'ayons jamais remarqué ?

– On peut avoir des distractions, dit-elle, avec une feinte indulgence.

Puis elle déclara son prix.

– Vous rêvez !

– Je suis bien chez Drouot ?

– Tout de même…

– Venez les voir : ils sont parmi ce qu'il a fait de plus beau. Je sais qu'il y a, de par le monde, des gens qui les cherchent : vous n'avez qu'à les informer. Je pense que vous avez autant intérêt que moi à les vendre le plus cher possible.

Cette idée ne fut pas contestée.

Il faut imaginer l'expert qui arrive à la Diguière, voit la bâche sur le toit, la cour pavée en éventail avec ses rafistolages de béton et traverse le grand salon vide, tapissé de papier Liberty déteint ! Mais madame la Diguière avait sorti les factures qui authentifiaient totalement ses meubles.

– C'est incroyable, répéta-t-il dix fois.

C'est ainsi que le secrétaire et la bibliothèque payèrent Vichy.

– Quitte ou double, pensa Albertine quelques mois plus tard en recevant son chèque.

Je n'avais pas senti le temps passer. Madeleine avait fini son repassage et me dit en riant qu'elle était fatiguée et qu'il était temps d'aller dormir.

– J'ai rarement vu quelqu'un écouter comme vous.

– C'est que vous racontez merveilleusement bien.

Je le pensais vraiment. Elle ne donnait dans aucune des incorrections contemporaines, si constantes que l'on en est contaminé, l'écouter était un plaisir. Je le lui dis :

– D'ailleurs, quand j'y pense, vous parlez toutes très joliment.

– Oui. Albertine est très sensible au langage, elle a été attentive à bien éduquer les filles. Et comme nous avons, d'une certaine façon, fait notre scolarité ensemble…

– Comment cela ?

– Je vous ai dit que j'avais treize ans quand elle est née, et que j'ai pratiquement abandonné l'école pour l'élever. C'était moi qui surveillais ses devoirs pendant l'école primaire. Lorsqu'elle est arrivée en secondaire, je me suis rendu compte que je ne pouvais plus la suivre : alors, j'ai suivi avec elle ! Tous les jours, elle m'apportait ses devoirs et ses leçons : je faisais les devoirs de mon côté, j'étudiais les leçons, son père me corrigeait et m'interrogeait. Il était sévère, je vous le garantis ! Officiellement, je n'ai pas le diplôme, bien sûr ! mais elle revenait tous les jours avec les questions, Octave me faisait passer l'examen, j'ai eu la mention Bien. Nous avons continué à lire les mêmes choses et, en somme, je crois pouvoir dire que j'ai une bonne culture générale.

Je me revis déménageant avec Sarah les livres exilés de leur bibliothèque :

– Aimez-vous Barbey d'Aurevilly ?

– Moins que Villiers de l'Isle-Adam, répondit-elle en repliant la planche à repasser.

Ce soir-là, je n'ouvris pas *Les Diaboliques*. Je pris des notes jusqu'à une heure du matin. Je voulais retrouver tous les détails de son récit et, autant que possible, ses façons de dire. Mais, bien sûr ! ce que je ne peux pas transmettre c'est sa voix, au timbre léger et doux, un peu chantant. Cette femme de soixante-huit ans avait – a : elle n'a pas changé – un charme étonnant. Je ne sais pas si elle a été belle, cela me paraît probable, et je ne pense pas que le cousin Gendron ait été le seul homme de sa vie. Parmi toutes les confidences qu'elle me fit, elle ne parla jamais de soi, seulement de la Diguière et des femmes la Diguière, comme si ce domaine et ces femmes avaient été sa seule passion, mais je ne sentis jamais chez elle cette espèce de roideur, ce côté rêche des femmes que les hommes laissent indifférentes.

Quand je me couchai enfin, je crus que, de nouveau, je me réveillerais très tard. Il n'en fut rien : à sept heures, les chats me ronronnaient dans les oreilles. Je consacrai le temps prescrit par les bonnes manières à les caresser, puis je me levai. C'était samedi, peut-être faisait-on la grasse matinée ? Non, elles étaient toutes à la cuisine qui sentait bon le café et le pain frais et m'accueillirent comme un ami de longue date.

J'entendis mettre au point le programme de la journée : Charlotte et Madeleine iraient en ville, faire les grandes courses, Sarah rendrait visite à quelques vaches, Adèle reverrait son histoire-géo :

– Comme une bête de somme ! il me faut le maximum !

Et Clémence qui s'était procuré les questionnaires des années précédentes résoudrait des intégrales jusqu'à la migraine.

– Êtes-vous bon en maths ?

Je lui dis, tristement, que je l'avais été, quarante ans plus tôt.

J'en étais à me demander comment j'occuperais mon temps, quand Vautrin arriva. Je ne sais trop comment j'imaginais cet amant repoussé, on est toujours plus ou moins consciemment pris par des clichés. Il était aussi à l'aise dans cette maison que les deux Tremblay, il embrassa les filles et Madeleine, prit un bol, se versa du café et s'assit à la grande table. Il avait les mains larges et fortes comme on peut s'y attendre chez un homme de la terre, mais longues et bien dessinées, Rembrandt revu par Greco me dis-je, obéissant à mon recours automatique aux références. Les cheveux n'avaient pas encore grisonné – à son âge il ne me restait plus un poil brun ! – il était hâlé et ridé par les intempéries et je fus frappé par la finesse des traits qui, autre cliché, évoquait davantage l'intellectuel que le fermier. Il me sembla que tout cela devait former un ensemble très séduisant et je me dis que madame la Diguière avait bien du mérite !

Il était, évidemment ! au courant de ma présence.

– Alors, monsieur Avijl ? Comment trouvez-vous la Diguière ?

Je me lançai dans quelques phrases dithyrambiques, qu'il écouta avec un sourire aussi modeste et heureux que si je lui eusse parlé de son propre domaine.

– Avez-vous vu le potager, la bergerie ?

– La bergerie ?

– Oh ! à quoi pensent ces femmes ? Il faut que je vous montre cela, elle est aussi ancienne que la maison, ce qui est très rare dans la région.

Je lui dis que j'avais descendu le chemin qui mène à la rivière, et que le reste m'avait semblé si touffu que je ne m'y étais pas aventuré.

– Je pense bien ! On n'y accède plus par le jardin, il faut prendre l'autre entrée. J'ai promis à madame la Diguière et à Madeleine de leur défricher quelques ares supplémentaires : si cela vous plaît, vous pouvez m'accompagner, je vous montrerai.

À ce moment, mon téléphone personnel sonna. C'était la personne à qui je devais, actuellement, tous mes soins, et le rouge de la honte me monta au front quand je me rendis compte que j'avais complètement oublié de la mettre au courant de la panne et de mon séjour en province. J'allai dans le vestibule recevoir des reproches mérités, présenter les excuses nécessaires et comprendre, en mon for intérieur, que si elle m'était sortie de l'esprit à ce point-là, c'est qu'elle n'y occupait plus beaucoup de place.

Après quoi, je rejoignis Vautrin, et nous traversâmes la cour à pied :

– On n'entre les voitures que si c'est indispensable. Antoine dit que les pavés sont posés à l'ancienne, sur du sable, le support n'est pas assez résistant pour les voitures et les camions.

– Ce n'est pas tellement le poids : le danger ce sont les coups de frein. Il faudrait, au moins, du sable stabilisé.

– Vous devriez en parler avec lui. Je ne sais pas s'il connaît ces techniques-là.

– Il me semble très averti.

– Il l'est. Mais si j'ai bien compris, la restauration implique des façons de faire particulières. Les plaques de béton du vieil Octave brisent le cœur, n'est-ce pas !

Décidément, l'amour pour la Diguière était général !

Nous montâmes dans une espèce de vieux 4×4 qui ne pouvait devoir son évidente bonne santé qu'aux soins de Jérôme. Après une ou deux centaines de mètres, nous arrivâmes devant une grille – si belle et si ancienne que je me demandai comment il se faisait qu'elle n'eût pas encore été vendue – fermée par des chaînes et un verrou dont Vautrin avait la clef.

– Ce sont les deux petits Tremblay et moi qui faisons le gros ouvrage, ici, m'expliqua-t-il. Les filles sont vigoureuses, Albertine et Madeleine aussi, mais ce ne sont pas des athlètes et il y a des choses qu'un homme qui se respecte ne laisse pas faire par des femmes.

Notamment, débiter puis empiler de gros troncs d'arbres, probablement abattus par la tempête qui avait abîmé le toit, me dis-je en regardant autour de moi.

Je fus surpris par la taille du potager, et encore plus par l'idée qu'il fallait l'agrandir.

– C'est qu'elles font tous leurs légumes, et vendent le surplus. Avec la mode de l'agriculture biologique, cela leur fait une petite rentrée supplémentaire, et vous devez déjà savoir qu'elles sont à un franc près.

Il rit doucement :

– Et si c'est biologique, c'est qu'elles n'ont pas les moyens d'acheter des engrais chimiques.

– Mais alors ?

– Les petites ramassent la fiente de pigeons. Il n'y a rien de mieux. Et elles font du compost avec les restes de cuisine.

Décidément, mon admiration pour ces femmes n'aurait pas de limites ! Je pensai, non sans gêne, à la dame qui avait encore droit à mes pensées, élégante, cultivée, et qui poussait des cris de fureur quand les oiseaux chiaient sur les bacs de fleurs qui ornaient son balcon.

Au sud, quelques jeunes arbres avaient déjà été abattus, on avait dessouché, il restait à retourner et égaliser le sol. Vautrin avait apporté sa machine.

– Mais venez voir la bergerie.

Je m'attendais à être charmé et je le fus : c'était une grosse bâtisse de pierre, avec une toiture à un versant, dont la charpente était, cela allait désormais de soi, parfaitement proportionnée. Dans un coin, on avait rangé de vieux instruments aratoires, très proprement tenus, qui auraient fait le bonheur d'un petit musée de l'agriculture en province.

– On les utilise toujours, me dit Vautrin. On n'en fait plus d'aussi solides : il y en a qui doivent dater de la construction.

Bientôt Antoine nous rejoignit. Ces messieurs supposèrent, judicieusement, que je ne souhaitais pas labourer et me donnèrent un numéro de téléphone qui me permit d'appeler un taxi. Je me fis conduire à M***, une toute petite ville pleine de charme. La rue principale était du pur XVIIIe siècle. Un peu à l'écart, une abbaye du XVIe m'arracha quelques larmes. Il y avait deux ou trois magasins et j'avais formé le projet de rapporter quelques présents à mes hôtesses, ce qui ne fut pas facile, on ne vendait que des choses utiles. J'errai un moment entre des poêlons en teflon, des gigots de mouton et des écheveaux de laine à tricoter et me contentai, pour finir, de dévaliser la vitrine du fleuriste : j'avais observé qu'il n'y avait pas de fleurs dans le jardin de la Diguière.

Mes bouquets furent reçus avec enthousiasme par Clémence et Adèle :

– C'est la première fois qu'un homme m'offre des fleurs, dit Adèle. Allez-vous demander ma main ?

– Mais certainement, répondis-je, ravi d'entrer dans le jeu, dès que Madame votre mère sera rentrée.

– Méfiez-vous : elle risque de vous l'accorder. Vous savez que nous sommes à la chasse au mari, en ce moment.

Madeleine et Charlotte n'étaient pas encore revenues de leurs courses. Elles avaient laissé un grand plat de salade et des poulets rôtis dans le four :

– On va s'y servir, et on le referme : les chats guettent.

En effet, les deux chats étaient assis devant la cuisinière, patients, imperturbables, impérieux. J'appris qu'ils se nommaient Octave l'aîné et Octave le jeune :

– Il faut bien qu'il y ait des Octave à la Diguière, et comme notre grand-père a eu le chromosome Y paresseux, il ne reste que les chats mâles pour remplir ce devoir, commenta Clémence.

Dans cette famille, où tout le monde était très occupé, l'usage voulait que les repas fussent servis à un moment défini, une heure pour le déjeuner, huit heures pour le dîner, ceux qui étaient là mangeaient chaud, les retardataires se servaient éventuellement du four à micro-ondes.

– Quand j'y pense, vous devriez plutôt épouser Madeleine, dit Adèle. Non que je ne vous trouve à mon goût, mais je manquerais peut-être de maturité pour un homme comme vous.

– Je crains qu'elle ne me refuse : j'ai une voiture coûteuse, cela est sûr, mais elle fait illusion, je n'ai pas d'autre fortune.

– Là, vous marquez un point. On vous laissera partir célibataire. Nous ne faisons que des mariages d'argent. Remarquez que, si vous gagnez bien votre vie… Après tout, il ne nous manque que vingt-cinq à trente mille euros non imposables tous les ans.

Elle était réjouissante.

– Je devrai donc, avant tout engagement, consulter mon comptable.

– Voilà.

– L'ennui, avec Madeleine, c'est qu'elle ne voudra pas changer de nom, dit Clémence.

Adèle haussa les épaules :

– Oh ! de nos jours, les femmes ne portent plus le nom du mari, ça fait ringard.

Elle réfléchit un instant :

– Mais vous avez un atout très important : elle pense que vous avez été élevé selon la vieille école. Quand vous entrez dans un lieu public avec une femme, qui passe le premier ?

– Moi, évidemment, dis-je.

– Cent sous pour Madeleine : elle était sûre que vous le saviez.

– Qui avait parié ?

Elle soupira :

– Si quelqu'un perd un pari, c'est moi. Je prends trop de risques.

Après quoi, nous abandonnâmes la question de mon mariage et nous nous retrouvâmes parler de leurs projets d'avenir. Clémence comptait faire médecine, elle se renseignait déjà sur les moyens de gagner de l'argent tout en étudiant.

– Quelles compétences faut-il pour tirer des barres chez un architecte ?

Mes réponses la découragèrent vite.

Adèle ne savait pas encore dans quelle direction elle irait. Cette jeune personne à la langue si bien pendue me parut tout à coup curieusement réticente, je compris qu'il ne fallait pas insister.

Leur complicité me frappait. Enfant unique, je n'ai pas l'expérience de la fratrie, mais j'ai vu, chez des amis, les jalousies, les bagarres pour le plus gros morceau de gâteau ou une breloque soi-disant indûment accordée. Madeleine m'avait dit, en somme, que Charlotte et Sarah n'avaient pas fait la classique crise d'adolescence : Adèle et Clémence ne donnaient pas dans la rivalité. Se réjouir des qualités de l'autre semblait leur paraître plus agréable que les envier, au lieu de se combattre, elles se stimulaient. J'y vis un effet de la vérité : les quatre filles avaient toujours su quelles batailles Albertine et Madeleine menaient, elles les avaient rejointes au front. Je me souvenais de l'une ou l'autre jeune mère, excédée par un garçon qui se plaignait que l'autre eût reçu ceci ou cela de plus que lui-même, se justifiant avec des « D'abord, nous n'en avons pas les moyens » et des « Ce n'est pas ma faute si les patins à glace coûtent plus cher que les jeux vidéo » – ou l'inverse. Ici, on savait exactement le prix des choses et on ne demandait rien, on avait tout ce qu'il était possible d'avoir et on se passait du reste. Elles étaient toutes les six alliées dans une lutte sans merci qui ne laissait pas de place aux mesquineries ordinaires des familles. Devant ces gamines qui riaient et ne reculaient devant aucune plaisanterie, je fus comme soulevé par un mouvement de respect et d'admiration qui surprit en moi l'homme mûr qui se croyait cynique et revenu de bien des choses.

J'avais d'abord été frappé par leur ressemblance : dans ce tête-à-tête avec elles, je perçus mieux ce qui les différenciait. Clémence, l'aînée, avait la même chevelure souple et soyeuse que sa mère, la sérieuse

Charlotte, et son style plus grave, plus intérieur. Elle était en résonance avec sa jeune cousine, mais l'initiative des plaisanteries de mauvais goût – enfin ! celles que la dame qui quittait mes pensées eût jugées de mauvais goût ! – venait plutôt d'Adèle, dont ma mère, dans son vocabulaire un peu démodé – mais elle tenait à ce qu'il le restât – eût dit qu'elle avait un petit minois espiègle. Clémence avait un visage plus architecturé, aux méplats bien dessinés, Adèle était piquante, avec des vivacités de chaton joueur, si j'avais eu cinquante ans de moins, je n'aurais pas su de laquelle tomber amoureux !

Nous nous servions de dessert quand Madeleine et Charlotte arrivèrent. Il y eut soudain une grande agitation, car Sarah les suivait de peu, annonçant Vautrin, Jérôme et Antoine qui avaient achevé leur travail au potager. Tout le monde s'occupa de rentrer d'innombrables sacs de courses, de les ranger dans les armoires, les congélateurs – je découvris ainsi qu'il y en avait deux – et le réfrigérateur. Les trois hommes connaissaient la place de toutes choses, comme s'ils eussent été de la maison. C'est que, d'une certaine manière, ils en sont, me dis-je. Je savais que Jérôme était amoureux de Sarah et Vautrin d'Albertine, Antoine briguait les faveurs de Charlotte. Ou les obtenait ? On sentait la familiarité, ce qui ne signifie pas l'intimité. Bientôt tout fut en place, on sortit les poulets du four, allumant des lueurs d'espoir dans les regards des chats.

Nous étions neuf autour de cette table, mangeant, bavardant, riant, et je me rendis compte que j'éprouvais un parfait bien-être, qui répondait à je ne sais quelle attente obscure. Je pensai à ma vie d'enfant unique, élevé dans le tête-à-tête par la femme joyeuse et intelligente qu'était ma mère, nous parlions beaucoup, nous avions toujours mille choses à nous dire, mais il n'y avait que nos deux voix et nos deux rires. Ici, c'était le brouhaha, les réponses se croisaient, on se passait les plats d'un côté de la table à l'autre, il y avait toujours quelqu'un qui se levait pour aller chercher quelque chose, il me sembla que, pour la première fois de ma vie, je me trouvais dans une famille.

Cela me plut.

Il était trois heures lorsque je regagnai ma chambre – enfin ! celle de madame la Diguière. Je commençai par revoir et compléter mes notes de la veille, puis j'en pris sur la matinée et ma conversation avec Adèle et Clémence. Après quoi, comme ma nuit avait, en somme, été courte, je fis une longue sieste.

Vers sept heures, je traversais la galerie. J'entendis le cliquetis immanquable de l'Underwood : Adèle accroupie tapait à la machine, un cahier à sa gauche, une pile de feuilles à sa droite. Elle était si absorbée qu'elle ne m'entendit pas, et je me rendis aussi silencieux que possible.

La soirée était particulièrement douce. On avait sorti une vieille table bancale et quelques chaises, Madeleine et Charlotte servaient l'apéritif à Sarah et aux deux jeunes hommes plongés dans une intense conversation, je fus convié à les rejoindre. De toute évidence, ma présence ne modifia pas le sujet de leur préoccupation, qui était Vautrin.

Il n'ignorait pas qu'Albertine téléphonait tous les soirs, et il était rongé par l'envie de rester et d'avoir des nouvelles. Mais entendre celle dont on savait qu'il était amoureux discuter de ses galants ? Et le mettre à la porte, alors qu'il avait consacré trois samedis matin à l'agrandissement du potager ? On voulait bien comprendre ses sentiments, mais n'était-il pas responsable de sa situation en n'ayant jamais proposé le mariage à Albertine ? Par ailleurs, l'eût-il fait, et Albertine eût-elle consenti, sa ferme était d'un excellent rapport, il gagnait sa vie, mais pas au point de soutenir les terribles frais de la Diguière. Ce qui n'empêchait pas d'être mal à l'aise et d'avoir l'impression désagréable de l'exploiter. Néanmoins, les trois femmes étant fermes sur l'impossibilité de le garder à dîner, elles avaient demandé à Antoine et Jérôme de prétendre qu'ils avaient à faire, et elles-mêmes avaient inventé de brusques accès de fatigue qui exigeaient des siestes, ou des obligations oubliées, de sorte que le pauvre Vautrin se retrouvant tout seul n'avait pu que rentrer chez lui.

Les garçons me semblaient un peu embarrassés, comme des nantis parlant des affamés, ce qui me confirma dans l'idée que, même s'ils n'étaient pas épousés, ils jouissaient de faveurs particulières. Cependant, j'étais sûr qu'ils n'occupaient pas la position d'amants officiels. De vieux amis, avec qui on couche de temps à autre, mais à qui on ne reconnaît aucun droit ? Mais pourquoi, diable ! ces beaux jeunes hommes consentaient-ils à une situation si ambiguë ? Et tout à coup, je me sentis stupide : il suffisait, en vérité, de regarder Sarah et Charlotte, les deux femmes les moins séductrices et les plus séduisantes que j'eusse jamais vues. Sur le second point, il est probable que j'exagère un peu, mais pas sur le premier : elles ne cherchaient absolument pas à plaire, et cela ajoutait à leur beauté naturelle une sorte de sauvagerie qui, trente ans plus tôt, m'eût fait bouillonner le sang. Depuis l'une ou l'autre sottise amoureuse, j'avais décrété que les jeunes femmes ne m'intéresseraient plus. Apparemment, mon adhésion à cette sage décision était si profonde que j'étais parvenu à ne pas prendre conscience de leur extraordinaire charme. Jérôme et Antoine étaient amoureux, un point c'est tout, et pas tout à fait malheureux. Peut-être attendaient-ils ?

Le coup de téléphone d'Albertine vint interrompre la discussion sur les remords envers Vautrin.

– Il s'est déclaré !

– Quand ? Comment ? Raconte !

Cet important événement s'était produit la veille, pendant le dîner. À la blouse blanche de Sarah accompagnée par l'étole de Charlotte, madame la Diguière avait ajouté des boucles d'oreilles couleur d'ivoire trouvées en solde dans une mercerie, elle se sentait parfaitement en beauté et très sûre d'elle, l'état d'esprit même qui enfièvre un prétendant. Fontanin l'avait couverte de compliments, acceptés avec la grâce souriante d'une femme qui les sait mérités. Puis était venue la phrase attendue :

– Je pense que cela va vous sembler ridicule, ce n'est plus de mon âge, mais je crois que je suis en train de tomber amoureux de vous.

– On n'est jamais ridicule avec vingt millions d'euros, déclara fermement Adèle.

À qui on intima l'ordre d'observer le silence.

Albertine avait souri :

– Une femme ne trouve jamais ridicule – accompagnement sonore d'Adèle : Quand je vous le disais ! – que l'on soit amoureux d'elle. Ce sont des idées d'homme. Mais, pour épargner votre dignité, j'espère que vous n'allez pas exiger que j'abrège mon séjour ?

Il avait protesté avec fermeté que ce serait à lui de partir, ce qui provoqua les gémissements d'Adèle. Là, il y eut un petit flottement, Albertine sentait que la balle était dans son camp et qu'elle devait réagir très vite : l'inquiétude de Fontanin était réelle, il était effrayé par ce qu'il ressentait, il ne fallait pas qu'il prît la fuite. Il fallait le détourner de son trouble. Elle baissa les yeux, hésita :

– Je ne sais que vous dire, mon ami. J'ai résisté aux amants à trente ans, dois-je succomber à cinquante-cinq ?

Avoue-t-on plus discrètement la tentation ? Il saisit parfaitement l'idée, protesta :

– Je ne vous parle pas d'amant, mais de mariage.

Ouf ! Le mot fatidique était prononcé. Il y eut une grande clameur de triomphe autour de la table, qu'Albertine entendit très bien.

– Laissez-moi continuer mon récit, ou je raccroche.

Elles jurèrent le silence.

Comme il n'était pas question qu'elle parût vouloir se faire épouser, elle dit gentiment qu'il rêvait.

– Un homme comme vous épouse une jeune femme, pas une grand-mère.

Il rit, déclara que, depuis huit jours, c'était la première fois qu'il l'entendait dire une sottise et que, bien entendu, il est toujours possible de s'envoyer en l'air avec de jolies jeunes personnes, il y a un prix pour cela.

Mais les moments passés avec Albertine lui avaient fait mesurer à quel point il était fatigué de sa solitude.

– J'aime beaucoup parler avec vous, nous nous promenons au même rythme et nous avons les mêmes goûts en musique. Je vous propose quelques années de bonheur tranquille, du moins si ma compagnie vous plaît.

Il n'était pas question que madame la Diguière cédât trop vite. Elle mit son âge en avant, qui l'exposait aux rhumatismes, cela gâte la promenade. Puis elle lui expliqua qu'elle vivait d'un travail de correcteur mal payé et d'une maigre pension de veuve, insuffisamment indexée, dont elle n'était pas sûre qu'elle la toucherait encore si elle se remariait.

– Et de plus, le toit de ma maison doit être refait avant l'hiver : voilà toute ma dot.

La réponse sur le toit plut beaucoup :

– Vous m'avez dit que cette maison a près de deux cent cinquante ans : j'en ai soixante-sept, nous sommes destinés à nous entendre.

Puis il parla de son argent : il en avait trop, et ne savait qu'en faire, car il n'avait pas d'héritier, sauf un cousin au dixième degré qui vivait en Australie, avec qui il échangeait des vœux de fin d'année.

– C'est toute notre relation, et je crois qu'il est très confortablement pourvu. Voyez-vous, je suis de ces gens qui savent gagner de l'argent, mais n'ont aucune imagination pour s'en servir.

À ce stade du récit, aucune des filles ne put s'empêcher de gémir.

– Cette tâche revenait à ma femme. Elle réglait des vacances délicieuses, décorait nos maisons, commandait mes costumes au tailleur et me disait quels bijoux il fallait lui offrir. Cela me convenait à ravir, et j'adorerais qu'une autre femme prenne la relève. Concevez-vous que c'est Jouannet, mon chauffeur, qui, m'entendant lui parler de mon enfance et de ma mère à Vichy, m'a dit qu'il fallait venir y passer quinze jours ? Je n'y aurais pas pensé tout seul.

– Si je comprends bien, je tombe comme mars en Carême, avec mon toit, dit Albertine en riant.

Il ne fallait pas feindre qu'elle ne voudrait pas de cet argent.

– L'ennui, quand on ne sait pas comment le dépenser, c'est qu'il y en a de plus en plus et qu'il faut de plus en plus s'en occuper : soyez bonne, aidez-moi !

Être suppliée par un homme de dépenser son argent ! La chose était si admirable que les filles restèrent sans voix.

– J'ai dit que je réfléchirais.

Cela leur rendit la parole : – Mais tu es folle ! – Et s'il changeait d'avis ? – Les jeunes femmes ! les jeunes femmes !

– Vous avez des cervelles d'oiseau. Il sait que j'ai une famille et il ne suppose pas un instant que je la tienne au jour le jour au courant de mes activités de séductrice. J'ai dit que je devais vous parler, entendre vos réactions, qu'une aussi grave décision ne se prend pas sans l'accord des proches. Il n'en a pas disconvenu. C'est pourquoi, ce soir, je vous consulte.

Elles entrèrent aussitôt dans le jeu, cela fusa de toutes parts, je ne sais plus qui disait quoi :

– Nous sommes terriblement étonnées.

– Nous n'imaginions plus que tu pusses te remarier.

– Mais en y pensant, nous serions plutôt contentes.
– Tu t'es si longtemps sacrifiée pour nous.
– Nous t'avons enfermée dans l'amour que tu nous portes.
– Il est temps que nous te rendions ta liberté.
– Mais, dis-nous, comment est-il ?
– Se plaira-t-il avec nous ?
– Nous plairons-nous avec lui ?
– C'est tellement grave, une nouvelle personne dans une famille.
– C'est tellement grave, une nouvelle famille pour un homme.
– Si tu l'aimes, nous l'aimerons.
– S'il t'aime, peut-être nous aimera-t-il ?

J'étais étourdi. Est-ce cela le monde des femmes, cet inextricable déferlement de mensonges et de vérités ? me dis-je assez sottement, pour très vite me reprendre : c'est le monde de ces femmes-là, mal servies par des destins hostiles qui leur arrachaient les hommes engagés à les soutenir, orgueilleuses, incapables de se déclarer vaincues, possédées par une passion séculaire qui leur était entrée dans le sang comme un virus mortel. Elles ne mentaient pas du tout : elles peaufinaient le piège que cet homme qu'elles n'avaient jamais vu avait ouvert lui-même sous ses pas. Je prenais une honnêteté inhabituelle pour du cynisme parce que j'avais été élevé dans la bienséance, donc l'hypocrisie ordinaire. Je n'avais jamais eu à défendre que moi-même : elles défendaient leur héritage. Je suis un homme sans passé et sans descendance : elles sont au milieu des siècles, deux à l'arrière et mille devant et ne veulent pas quitter l'étroit sentier où elles cheminent. Pendant quelques instants, j'eus l'illusion de les comprendre.

Le repas et la soirée furent occupés par de délicieuses rêveries. Le toit serait réparé, la Diguière sauvée. Bien entendu, on ne pourrait pas racheter les Serrurier-Bovy, dont on se doutait bien que les acquéreurs ne voudraient jamais se défaire, mais on trouvait des meubles très convenables chez les antiquaires, il n'était pas nécessaire de courir acheter les étagères les moins chères qui existassent sur le marché, ce qui faisait ronchonner Adèle agacée de voir le grand salon *envahi* par la rangée de livres posés sur le sol. On lui dit qu'elle exagérait, ce à quoi elle consentit volontiers, mais pourquoi, diable ! n'exagérerait-elle pas ? L'idée que monsieur Fontanin cherchait une femme pour dépenser son argent paraissait tout à fait folle, une telle extravagance le rendait digne d'entrer dans la famille. On ne pensa plus à Vautrin.

Le lendemain soir, Albertine annonça qu'elle avait dit oui à Fontanin et qu'il avait aussitôt sorti un écrin de sa poche.

– Jouannet m'a dit d'être prêt.

C'était un énorme diamant. Pour la première fois depuis près d'un siècle, on offrait un bijou à une la Diguière. Albertine le reçut avec la dignité d'une reine acceptant les hommages qui lui sont dus. Puis, rieuse :

– Nous nous étions habituées à les vendre.

Le lundi matin, Jérôme commença à réparer ma voiture. Un coup de téléphone de mademoiselle Lambert m'informa que je ne devrais rien payer, et, encore plus beau, que le fabricant prendrait à sa charge mes frais de séjour. Je fis venir un taxi pour aller au garage, et ne pus m'empêcher de faire la mouche du coche pendant vingt minutes autour des mécaniciens, puis je me fis conduire à M*** où j'achetai des chocolats, du foie gras et du champagne pour célébrer mon dernier dîner à la Diguière.

Madeleine accueillit mes petits présents avec un calme parfait, et nous les rangeâmes dans le réfrigérateur. C'était jour de consultation, dans la salle d'attente de Sarah ça miaulait, aboyait et bavardait si fort que Madeleine ferma la porte-fenêtre de la cour pour que nous pussions déjeuner en paix.

Naturellement, notre conversation tourna autour du mariage. Je sentis bientôt que quelque chose dérangeait Madeleine, et je le lui dis.

– Vous avez raison. Mais je suis peut-être sotte.

– Cela m'étonnerait.

Elle n'hésita pas beaucoup. Je jouissais du privilège du passant, à qui on peut tout dire parce qu'on ne le reverra pas.

– Albertine se marie. Ce monsieur-là est évidemment tombé amoureux, mais elle ? Elle épouse une fortune qui va sauver le domaine et assurer l'avenir des petites : il faudra qu'elle couche avec l'homme. Je sais qu'elle avait du plaisir à faire l'amour avec Octave, nous n'avions pas de secrets l'une pour l'autre, voyez-vous, mais ce n'est pas au téléphone, avec toutes les filles autour du combiné, qu'elle a pu me dire si l'idée d'aller au lit avec celui-ci lui plaît.

La parfaite pertinence de ce souci m'impressionna.

– Je crois avoir compris que, après Octave, elle n'a jamais eu d'amant.

– C'était impossible. Nous sommes en province, tout finit toujours par se savoir, il y a trente ans, elle eût jeté l'opprobre sur la Diguière. Les esprits ont tellement changé ! Quand Sarah a eu Adèle, cela a fait du bruit, certes, mais puisque sa mère la soutenait, on a vite cessé d'en parler.

– Mais alors ? n'aurait-elle pas pu ?

– Justement, non. La fille qui fait un bébé sans vouloir révéler le père, et la mère qui se met à courir le guilledou ! Il fallait qu'elle fût irréprochable pour pouvoir défendre Sarah.

« Tu t'es sacrifiée pour nous », avait dit une des filles.

– Et maintenant qu'elle prend un homme, ce n'est même pas pour elle-même.

– Voilà. Quand Albertine a-t-elle vécu pour soi-même ? Oh ! elle aimait bien Octave, cela est sûr ! mais en vérité plus comme un frère qu'un amant. Et lui de même. Ils avaient été élevés ensemble, leur vraie passion c'était le domaine, en se mariant, chacun épousait la Diguière.

– Mais si c'est la Diguière sa passion, alors c'est malgré tout pour elle-même ?

Madeleine me regarda, comme étonnée. Je crus qu'elle allait me dire « Répétez donc ça », mais je vis qu'elle réécoutait intérieurement mes paroles.

– Quelle idée étrange…

Elle réfléchit. Longuement. Je ne voulus pas la déranger, je finis ma cuisse de poulet froid en silence.

– Je n'avais jamais vu les choses ainsi, murmura-t-elle.

Puis, après une autre pause :

– Et vous avez absolument raison. Je connais cette femme depuis sa naissance, et je n'avais pas compris cela. Vous êtes ici depuis trois jours, et vous me le révélez.

– Quatre jours, corrigeai-je en souriant.

Elle hocha la tête.

– Cela change tout, dit-elle.

Par une délicatesse qui me coûta un gros effort, je ne commis pas la faute de demander ce que cela changeait. Madeleine se leva, alla laver son assiette, je l'imitai, puis nous partageâmes un bol de framboises en devisant de choses et d'autres. Cette fin de repas fut un tel supplice pour ma curiosité que je refusai le café que Madeleine me proposait en prétendant que j'étais fatigué et que je préférais faire une sieste.

Octave l'aîné et Octave le jeune eurent la gentillesse de venir se coucher auprès de moi, ce qui diminua un peu ma frustration.

La soirée fut très joyeuse. Les petites n'avaient jamais mangé de foie gras. Ayant vu le train de vie de la maison, je m'en étais douté et j'en avais pris une grande quantité : il n'en resta pas une miette. Nous bûmes le champagne à la santé de monsieur Fontanin. Quand Albertine téléphona, on lui parla d'abord de ce que l'on nomma mes largesses, et elle demanda à me parler pour me remercier.

Elle avait une belle voix, assez grave, très jeune.

– Il n'y a pas à me remercier, Madame. Je suis l'obligé de vos filles, qui ont sauvé un voyageur en détresse.

Elle eut encore quelques paroles aimables, puis on passa aux choses sérieuses : elle ne rentrait pas tout de suite. Elle accompagnait Fontanin à Paris, où il voulait lui montrer sa maison afin qu'elle pût, par la suite, réfléchir à d'éventuels changements.

– Où coucheras-tu ? demanda Adèle.

– Il a plusieurs chambres d'amis, petite indiscrète.

Le mardi matin, à dix heures, Jérôme entrait dans la cour avec ma voiture et je reprenais la route.

II

Je retrouvai avec bonheur ma chatte Clarisse. Elle eut l'extrême générosité de ne pas sembler me tenir rigueur de mon absence, mais je pris quand même soin de lui expliquer que je n'en étais pas responsable. La qualité particulière de ses ronronnements me convainquit qu'elle me croyait.

Puis je regardai mon appartement. Un bel endroit, cela est sûr, au dernier niveau d'un immeuble de huit étages, j'ai laissé l'espace entièrement libre, ne cloisonnant que pour la salle de bains et les toilettes. Il est orienté plein sud, les fenêtres s'ouvrent sur les frondaisons du parc Duden, et j'ai mis mon lit à l'est de façon à recevoir le soleil levant toute l'année. Je n'ai accepté que les meubles indispensables, sur le mur du fond sept mètres d'étagères constituent la bibliothèque – où se trouve, côté littérature, Barbey d'Aurevilly en Pléiade – pour le reste, du Veranneman des grandes années, peu d'œuvres d'art, un très beau nu de Frédéric Geilfus et un chandelier en argent de Van de Velde qui m'a coûté les yeux de la tête. La cuisine, sommaire puisque je vis seul et appelle le traiteur lorsque je reçois, est du meilleur *design*, bois naturel et acier inoxydable. Tout cela est soigné, admirablement tenu par mon excellente femme de ménage.

Je me dis qu'il me faudrait quelques jours pour me remettre de la Diguière.

Je téléphonai à ma mère qui, je m'y attendais, n'était pas chez elle. Après tout, elle n'a pas encore quatre-vingt-cinq ans ! Je laissai un message. Puis j'appelai la dame qui avait droit à mes premières pensées – mais ne les avait pas eues, reconnus-je avec une petite grimace. Elle était là, et vexée.

J'ai la rupture maladroite, mais peut-on rompre adroitement ? De plus, je tiens qu'il est indélicat de le faire par téléphone. Et si les excuses – embrouillées, j'y consens – provoquent l'exigence de promesses que l'on n'a pas envie de tenir, comment s'en sortir ? Lorsque je raccrochai, j'étais en sueur, hors d'haleine et nauséeux. Je me jurai que c'était la dernière fois que je m'engageais dans une liaison, etc.

Ouais. Ne parlons pas de serments d'ivrogne.

Puis je me rendis au bureau où replonger dans la vraie vie, celle des problèmes de chantiers, des clients incertains ou trop sûrs d'eux, des entrepreneurs en retard et, que la Providence en soit éternellement remerciée, des stagiaires intelligents.

Pendant les semaines qui suivirent, j'eus souvent envie de téléphoner à la Diguière : mais à quel titre ? Quel qu'eût été l'accueil chaleureux de cette famille, je n'avais pas droit à celui d'ami, et on n'avait pas demandé que je donnasse de mes nouvelles. Je n'ai pas l'habitude de pratiquer les vœux de fin d'année. Jeune, cela avait été de la négligence, recouverte plus tard par d'excellentes rationalisations à propos de coutumes ridicules qui et que. Cependant, je fis une exception et envoyai, d'Amsterdam où je passais les réveillons avec une charmante Hollandaise, une carte achetée au Rijksmuseum, qui représentait un Canaletto, avec une superbe architecture vénitienne. Par discrétion, je n'y mis pas mon adresse, qui se trouvait, si les destinataires souhaitaient la trouver, sur la carte de visite que je leur avais laissée.

Je ne reçus pas de réponse.

L'hiver fut rude, surtout en février où il y eut de grandes tempêtes. Je pensai souvent au toit de la Diguière, en me demandant si les épousailles avaient eu lieu et si les réparations étaient faites.

Il y avait eu des élections, l'affaire que j'étais allé traiter à F*** avait langui, elle fut relancée. En août, après les congés du bâtiment, il devint nécessaire que j'y allasse. Je choisis un vendredi, où j'eus, avec le conseil municipal, les discussions prévues, qui se passèrent le mieux du monde. Ensuite, on dîna, en buvant trop comme il est de règle dans ce genre de circonstance, mais je m'y attendais et j'avais prévu de coucher sur place.

Le samedi matin, vers onze heures et demie, j'arrivais à la Diguière. Plusieurs voitures étaient garées le long du mur d'enceinte, de part et d'autre du portail – dont je vis tout de suite qu'il avait été restauré avec la plus grande méticulosité. La rouille qui déparait la grille avait disparu et même, en y regardant de plus près, on pouvait voir qu'un des barreaux avait été refait. Un grand écriteau y était accroché qui priait instamment les visiteurs de ne pas entrer en voiture dans la cour. Si cela leur créait des difficultés, ils étaient invités à sonner, on viendrait les aider. Je souris devant la bonne qualité du langage : pas question du *Merci de ne pas entrer*, etc., qui me fait si souvent grincer des dents, ce que le stomatologue interdit à un homme de mon âge.

Je dis toujours que la beauté d'une architecture résiste à un peu de délabrement, tant qu'il n'est pas excessif. Je sifflai doucement entre mes dents : ma foi ! les soins attentifs lui vont très bien. Les peintures avaient été refaites, les gouttières remplacées, les traces d'humidité enlevées. Le toit était réparé, et si délicatement que mon regard de professionnel ne distingua pas les nouvelles ardoises : Antoine avait dû trouver un stock d'anciennes, soit dans une démolition, soit chez un grossiste conscient de leur valeur. La maison et les communs étincelaient de fraîcheur et bouillonnaient d'activité. Je ne voulus pas laisser paraître ma curiosité et traversai la cour d'un pas normalement rapide, mais on voyait que les écuries avaient été rénovées et transformées en bureaux. Côté clinique, tous les locaux étaient réaffectés.

Je me dirigeai vers la cuisine et j'entrevis, par la porte-fenêtre grande ouverte, une très inattendue petite scène domestique : Madeleine donnait des instructions à deux jeunes filles.

– Vous ne déposez pas la viande dans l'eau avant qu'elle ne frissonne, et pas plus tard non plus, il faut qu'elle puisse s'imbiber des arômes, et vous veillez à éviter les gros bouillonnements.

Elles obtempérèrent avec l'ardeur des disciples enthousiastes.

Je frappai à la vitre. Madeleine se tourna vers moi, resta un instant perplexe puis s'élança, les deux mains tendues :

– Mon Dieu ! Si je m'y attendais ! Quelle bonne surprise !

– J'étais à F***, je n'ai pas pu résister au désir de passer par ici.

– Votre voiture va bien, j'espère, dit-elle en riant.

– On ne peut mieux. Jérôme a été brillant.

– Entrez. Entrez. Tout le monde va être ravi de vous revoir.

Les jeunes filles, parfaitement stylées, faisaient mine de ne pas s'interroger.

– Asseyez-vous. Je vais dire à madame la Diguière que vous êtes là.

Madame la Diguière ? Les rénovations donnaient à penser qu'elle était devenue madame Fontanin. Mais peut-être, selon l'opinion d'Adèle, trouvait-elle *ringard* de porter le nom de l'époux ?

– Je serai très heureux de faire sa connaissance.

Elle se dirigea vers le mur de droite. C'est alors que je vis à quel point cette cuisine était transformée : un immense bahut longeait ce mur, jadis occupé par de vilaines vieilles armoires. Le téléphone y était posé, Madeleine forma un numéro de deux chiffres. On avait donc installé des lignes intérieures.

– Albertine, tu ne devineras jamais : notre visiteur de l'été passé est ici !

Elle écouta un instant, puis me demanda si j'étais libre.

– Comme le vent, dis-je.

Cela eut l'air de lui faire plaisir. Elle échangea quelques mots avec madame la Diguière.

– Elle est occupée, elle en a encore pour une bonne demi-heure. Venez, nous allons l'attendre chez moi.

Je savais qu'elle avait une chambre à l'étage, mais je n'y étais pas allé lors de mon séjour. Je la suivis donc, et pus me rendre compte que tout avait été repeint et les plâtres refaits. Le grand couloir et le couloir transversal étaient dans le gris tourterelle qui convenait parfaitement au style, les moulures soulignées par un ton un peu plus clair. Aux quatre bouts, les fenêtres étaient ouvertes, des voiles blancs flottaient dans un léger courant d'air. Nous tournâmes à gauche :

– Avant, ma chambre était de l'autre côté, j'ai déménagé pour avoir plus d'espace.

En effet, j'entrai dans une pièce qui s'étirait sur une dizaine de mètres le long de la façade arrière. Un rapide coup d'œil aux lambris et aux moulures me convainquit que rien n'avait été modifié, c'était le plan d'origine, ce que confirma Madeleine :

– Jadis, c'était la chambre des maîtres, mais Albertine a préféré rester en bas, là où elle avait toujours logé. Je l'ai meublée selon mes goûts : qu'en pense l'architecte ?

L'architecte était charmé. Elle avait choisi un *design* actuel, très rigoureux, sans aucune des tares *kitsch* qui me donnent en général la nausée : d'un côté, une longue table, couverte de livres et de papiers bien ordonnés et une bibliothèque, de l'autre plusieurs grands fauteuils de cuir, où dormait un des Octave. Pas de bibelots, les objets nécessaires au confort d'un salon : ceci n'était pas une chambre.

– Vous en avez fait un salon.

– Oui, ma chambre est en face, elle donne sur la cour. C'est qu'on ne peut pas toucher au grand salon, ordre d'Adèle, et il fallait quand même un lieu où l'on pût se réunir, éventuellement recevoir.

– C'est très réussi, dis-je avec sincérité.

– Asseyez-vous. C'est l'heure de l'apéritif : que puis-je vous offrir ?

Elle me proposa ce qui est habituel, mais comme je craignais de devoir conduire, je n'acceptai qu'un jus de fruits. Qu'elle sortit d'un réfrigérateur aussi discret qu'un mini-bar d'hôtel élégant.

– Tout a beaucoup changé, ici.

– Et vous n'avez encore rien vu !

– Eh bien, il m'a semblé que la taille de la consultation avait doublé, et que les écuries étaient devenues des bureaux.

– J'oubliais le coup d'œil rapide de l'architecte !

– Rapide et indiscret ?

– Pourquoi cela ? Tout ce qui est montré peut être vu, n'est-ce pas ?

Tiens ! me dis-je, que ne montrait-on pas ?

Elle prit aussi du jus de fruits. L'Octave présent s'approcha de moi, flaira les jambes de mon pantalon, sembla trouver l'odeur à son goût et monta sur mes genoux. Comme je connais la grande mémoire olfactive des chats, je me dis que lui aussi me reconnaissait. Ce que Madeleine confirma :

– Il ne fait pas cela avec tout le monde. Il se souvient de vous. Vous avez un chat, je crois ?

– Une chatte. Clarisse.

Nous échangeâmes quelques considérations sur l'âme des chats, puis Madeleine demanda de mes nouvelles, qui étaient bonnes, et s'enquit de la santé de ma mère, à laquelle je n'avais fait allusion qu'une fois lors de mon séjour, admira la vitalité de cette femme qui, à quatre-vingt-cinq ans, essoufflait son fils, mais ne parla pas de Louis Fontanin qui avait dû épouser madame la Diguière, et je fis tous les efforts du monde pour ne pas laisser voir mon impatience et ma curiosité devant les transformations qui m'avaient émerveillé.

À midi, Albertine entra.

Je me doutais qu'elle était belle, mais pas à ce point. Grande, mince, le maintien parfait, vêtue de gris, posée, calme : je compris Vichy et que Vichy devait réussir. Un homme de bon sens ne laisse pas passer une femme comme celle-là.

– Vous avez fait une forte impression à Madeleine et à mes filles, je suis contente de vous rencontrer.

Je dis les paroles modestes qui convenaient.

– Que veux-tu boire ? lui demanda Madeleine.

– Rien, si tu le permets.

Son visiteur, qu'elle s'abstint de nommer, avait pris trois fois du whisky.

– Cela m'a saoulée.

Je devinai qu'il s'agissait d'un auteur assez connu, dont elle corrigeait la langue. Il se fichait royalement de son style et la laissait faire tout ce qu'elle voulait à condition qu'elle ne touchât pas au sens. Elle écarta rapidement le sujet, me demanda comment je trouvais la Diguière.

– Transformée. Épanouie. Pas transformée du tout, en vérité, mais maintenant sa beauté n'est plus voilée.

– Nous avons beaucoup travaillé. Antoine a utilisé vos conseils.

Mes conseils ? Je n'avais donné aucun conseil, moi. Il apparut que j'avais abondamment parlé des façons de faire du XVIIIe siècle, du style de décoration en usage, des différences entre les architectures provinciales et citadines, ce dont je ne me souvenais guère, mais qui me parut vraisemblable car, dans certains cas, je suis un bavard impénitent.

– Lorsque nous descendrons déjeuner, je vous montrerai le grand salon, que vous nommiez la galerie. Je crois que vous serez content.

J'étais donc invité à déjeuner ?

– Cela va de soi. Et, puisque Madeleine m'a dit que vous êtes libre jusqu'à lundi, à séjourner.

On lisait dans les pensées, ici !

– C'est trop aimable, etc.

Mais où était le mari Fontanin ?

Bientôt, Madeleine se leva pour aller superviser les jeunes filles. Je restai avec madame… la Diguière ? La conversation entre ces deux personnes qui ne se connaissaient pas aurait pu être laborieuse : elle m'enchanta. Cette femme, dont je savais quelle vie elle avait menée, devait avoir un sens inné de l'échange, je ne sais plus trop de quoi il fut question, mais je ne m'ennuyai pas une seconde. Un peu avant une heure, nous descendîmes.

Les murs du grand salon étaient délivrés du papier Liberty et peints dans le même gris tourterelle que les couloirs. Le sol, fait de longues planches de chêne foncé, brillait d'un éclat sombre, comme celui du *Gruuthuse* de Bruges, et là aussi de grands voiles blancs dansaient devant les fenêtres. La pièce avait retrouvé toute la grâce de ses proportions parfaites.

Les livres que j'avais rangés avec Sarah n'étaient plus là. Le seul objet était la vieille Underwood, toujours posée par terre.

Je fus, naturellement, de nouveau dithyrambique.

Dans la cuisine, le couvert était mis : il prenait toute la table, on avait même un peu resserré les assiettes. C'est alors que je me rendis compte d'autres changements : le mur du fond était occupé par un de ces mobiliers de cuisine, en bois et acier inoxydable, Poggenpohl ou Mobalpa, que j'admire et que j'ai très rarement l'occasion de voir installer car ils coûtent les yeux de la tête. Au centre, plusieurs casseroles attendaient sur une plaque vitro-céramique, de part et d'autre de vastes plans de travail, et à chaque bout on avait installé un évier, ainsi que je l'ai souvent proposé à mes clients, lorsqu'ils ont assez de place : un pour les gestes de la cuisine proprement dite, l'autre pour la vaisselle. Ça, c'est une idée de Madeleine, me dis-je. Pas un objet n'était laid, pas de passoire en plastique rouge ni de Tupperware à faire pleurer, l'ensemble était d'une parfaite élégance.

– Pas mal, n'est-ce pas ? me dit Madeleine.

Les convives arrivèrent, et ce fut la foule. Sarah, Charlotte, Adèle et Clémence s'en détachèrent, vinrent non seulement me saluer, mais m'embrasser comme si j'étais l'ami le plus cher, qu'il était tout naturel de voir là. Après quoi, on me présenta quantité de gens, je ne retins naturellement aucun nom : c'étaient les collaborateurs de Charlotte qui avait ouvert sa propre firme, et de Sarah, dont la clientèle avait triplé. Pas de Fontanin. Peut-être était-il en voyage d'affaires ?

La coutume d'aller laver son assiette avait évolué : on la déposait dans la vaisselleuse.

Après le café, Madeleine me conduisit à ma chambre, à l'étage, voisine de la sienne. On avait installé une salle de bains dans le vestibule d'où partait l'escalier qui conduisait aux combles.

– Cette fois-ci, vous ne devrez pas la partager avec le restant de la famille, dit-elle, rieuse.

Je n'en pouvais plus :

– Et monsieur Fontanin ?

– Il est mort en janvier.

– Marié ?

– Cela va de soi : vous n'avez qu'à regarder autour de vous.

Je me retins de dire qu'il avait, selon ses vœux, trouvé une femme qui l'aidât à dépenser son argent.

Je repris :

– Il est mort ? Il me semblait entendre parler d'un homme en bonne santé.

– Certes. Il était plein de fougue et d'enthousiasme et puis, de façon très inattendue, il est tombé malade. D'abord, cela ressemblait à une grippe, mais qui tournait mal, puis on l'a hospitalisé et il a été emporté par une septicémie.

J'avais le sentiment que Madeleine, qui parlait très calmement, ne tenait pas à s'attarder sur ce sujet. Je me souvenais du *Cela change tout*, du dernier jour, et de l'importune discrétion qui m'avait cloué le bec. J'aurais bien poussé le questionnement, je me dis que j'avais le temps puisque j'étais invité à rester, et décidai de m'occuper de ma valise.

Lorsque je redescendis, madame la Diguière m'attendait pour me faire visiter le domaine. Elle m'expliqua qu'on avait conservé les plans d'origine et qu'elle avait pu faire reconstituer l'ensemble tel qu'il était au départ :

– Vous êtes dans un jardin à la française du plus pur XVIIIe siècle. Bien entendu, certains arbres sont morts de vieillesse, mais ils ont été remplacés par des essences identiques. Ici, la tempête n'a rien abattu, il semble que j'aie été protégée par les collines du Haut-Pré.

Tout avait été nettoyé, ronces, orties, saules marsault, fougères, les sentiers étaient clairement tracés et une belle herbe bien nourrie poussait partout. De charmantes perspectives donnaient sur de fausses ruines auxquelles on avait laissé ce qu'il faut de mousse et de fleurs sauvages pour leur garder leur air d'ancienneté. Nous arrivâmes à un petit pont jeté sur la Diguière, d'un dessin tout à fait actuel :

– Il y en avait un, les plans l'attestent, mais il n'en restait rien du tout. Nous ne voulions pas de faux vieux, cela déshonorerait une maison comme celle-ci.

– Et c'est Antoine qui l'a dessiné ?

– Oui.

– C'est impeccable. On ne peut pas faire mieux.

Le tablier, légèrement incurvé, reposait sur deux piliers de béton, et c'était tout. Aucun ornement, la forme s'ornait d'elle-même, selon les prescriptions de Van de Velde.

De l'autre côté, les terres étaient encore en friche. Albertine m'apprit qu'on nommait cette partie du domaine la Haute-Digue, et m'expliqua qu'on avait cessé de la cultiver après 1917, quand les deux Octave avaient trouvé des emplois qui leur permettaient de vivre, mais pas d'entretenir le personnel nécessaire :

– Ils n'avaient plus le temps de s'en occuper eux-mêmes, et le rendement n'aurait pas justifié les sacrifices obligatoires.

– Qu'allez-vous en faire ?

– Je ne sais pas. Peut-être une extension du jardin, mais il est déjà si grand... Nous n'avons aucun projet précis.

Elle me regarda en souriant :

– S'il vous vient des idées ?

– Cela m'étonnerait, dis-je. Je suis un citadin invétéré, sans imagination pour la campagne.

Nous longeâmes la Diguière, où le sentier avait été dégagé et, après tout un parcours, rejoignîmes le potager. La partie préparée par Vautrin et les deux garçons Tremblay avait été plantée.

– Vous faites toujours vos légumes ?

– Certes. Aller cueillir sa soupe et ses herbes est un des grands plaisirs de Madeleine, mais son arthrite progresse et l'entretien est assuré par un ouvrier agricole, qu'elle surveille jalousement.

Il était impossible d'aborder le sujet qui me brûlait les lèvres, ce mariage dont on voyait les heureux effets partout dans la Diguière, et cette charmante promenade me laissa dans une totale insatisfaction. Plus tard, je me rendis compte que je n'avais jamais adressé de condoléances à la veuve, qui ne semblait pas particulièrement éplorée et que, lorsque Madeleine m'avait dit que Fontanin était mort, je n'avais pas même prononcé une vague banalité, comme « désolé », ou « je suis navré ». Je ne me reconnaissais pas dans ce manquement aux usages élémentaires, mais je me dis à présent que quelque chose dans l'attitude de ces femmes l'induisait. La suite montrera, je crois, qu'il ne s'agit pas là d'une coupable complaisance envers moi-même.

Nous regagnâmes la maison à la fin de l'après-midi et madame la Diguière me dit que l'apéritif serait servi à sept heures, dans la cour, me donnant ainsi gracieusement mon congé. Je me rendis donc dans ma chambre. Elle était décorée dans le même esprit que le salon de Madeleine. Jusqu'à présent je n'avais vu qu'un seul meuble ancien, le très grand bahut de la cuisine. Je mourais d'envie d'explorer les autres pièces, ce que j'aurais fait si je n'avais eu le sentiment que tout était habité. Je sus plus tard que je ne me trompais pas.

Je téléphonai à ma femme de ménage pour lui demander de veiller sur Clarisse. La charmante Hollandaise étant déjà sortie de ma vie, et ma mère voyageant en Italie, c'était la seule personne que j'eusse à prévenir de mon absence. Je consacrai quelques minutes à constater ma solitude, puis je fis une excellente sieste.

Je me rendis compte que, lors de mon arrivée, je n'avais pas remarqué, dans la cour, à gauche de la cuisine, un très élégant mobilier de jardin en teck. Les jeunes filles, surveillées par Madeleine, posaient des carafes et des verres sur la table. Je reconnus la compagnie qui m'avait été si familière l'année précédente : d'abord Vautrin, en conversation avec Albertine, que je n'avais pas vue cette fois-là mais dont j'avais tellement entendu parler, puis Jérôme, qui taquinait Adèle, et enfin Antoine discutant avec Sarah et Charlotte. Je ne me sentis pas seul du tout, et d'autant moins que, dès que je m'avançai, on se tourna vers moi pour m'accueillir avec des exclamations de plaisir. J'étais arrivé là par hasard, j'y étais resté parce que c'était le plus facile, comment avais-je suscité tant de sympathie ? Les petites me baisèrent la joue, les hommes me donnèrent l'accolade, Jérôme demanda des nouvelles de ma voiture, je me sentis comme quelqu'un qui rentre à la maison, et cela me parut à la fois un peu fou et absolument délicieux.

Et, comme l'autre fois, les conversations allèrent leur train en m'incluant le plus naturellement du monde. Le grand souci était de décider si l'on restaurerait le pavé de la cour. Antoine avait des devis très précis, que l'on me soumit bien que j'eusse dit que je n'étais probablement pas assez informé pour émettre un avis valable, ce qui fut mis sur le compte de ma modestie. J'étudiai donc le dossier pendant que l'on servait de petites entrées, et déclarai que, pour autant que j'en pusse juger, tout me semblait bien prévu et bien calculé, ce qui ne surprit personne.

– Sauf que je ne vois pas de budget pour les pavés eux-mêmes ?

– Nous les avons. Ils ont été retirés et entreposés dans le petit bois.

Le problème n'était pas la dépense, si importante qu'elle fût, ni le désagrément d'avoir à circuler dans le sable, la caillasse et la boue pendant trois ou quatre mois, c'était l'Histoire. Avec le H majuscule. Les réparations de béton racontaient un siècle de difficultés, de luttes et, au sein de la prospérité actuelle, elles étaient la trace d'une longue bataille. Les premiers déchaussements dataient des années 1905-1910, quand on introduisit des automobiles dans la cour. Les pavés pouvaient supporter le genre de voitures que les chevaux tirent, elles ralentissent doucement, mais pas les coups de frein des conducteurs enthousiastes. Au début, on se contenta de les remettre en place, sans trop s'interroger sur l'origine des dégâts. Peu à peu les ouvriers qui connaissaient ces techniques disparurent, on ne sut plus comment réparer, on recourut au béton. De toute façon, l'argent eût manqué pour faire le travail correctement. Il fallait utiliser de nouvelles techniques, qu'Antoine connaissait, et trouver des paveurs d'une grande habileté, capables de poser bout à bout.

– On ne verra pas la différence, disait Antoine.

Adèle protesta :

– Mais nous, nous saurons que, en dessous, le soubassement, la chape, je ne sais plus comment tu appelles cela…

Elle s'interrompit, regarda Antoine.

– Le coffre, dit-il.

– Voilà bien le détournement des termes par les professionnels, enfin ! le coffre ne sera plus pareil.

C'était comme toucher à l'essence même de la Diguière.

– Voyons ! disait Vautrin, j'ai une prothèse de la hanche, c'est du chrome-cobalt, mais je suis toujours moi !

– Les ardoises du toit viennent d'Angers, c'est toujours le toit de la Diguière, ajoutait Antoine.

– Et vous pourriez au moins rentrer vos voitures. En hiver, vous vous plaignez d'avoir à glisser sur le verglas ou de vous geler les pieds dans la neige, plaidait Jérôme.

Les femmes restaient incertaines. Madeleine tenta une faible défense du projet :

– Avec le temps, on aura beau faire très attention, les dégradations risquent de continuer.

Elle n'était ni convaincue ni convaincante.

On me demanda mon avis. Je dis en riant que, même si comme technicien je pensais qu'il était bon de prévoir, nous serions quatre hommes contre sept femmes et que, en régime démocratique, la décision reviendrait donc de toute façon aux dames de la Diguière.

– Ce qui correspond au fait que la Diguière leur appartient, dis-je en regardant Albertine.

Elle sourit.

– Je pense qu'elles s'y opposeront tant que ce ne sera pas obligatoire.

– Et alors, nous succomberons, grogna Adèle.

La discussion continua, on sentait qu'elle reprenait régulièrement. Charlotte ne voulait pas que les clients de sa firme entrassent tous avec leur voiture :

– Ils en feraient un parking !

Et Sarah n'avait pas davantage envie de voir les vans à chevaux pénétrer dans la cour.

– Là, tu préfères évidemment envoyer tes aides ramasser le crottin, dit Jérôme.

On sentait qu'aucune décision ne serait prise.

Bientôt, les jeunes filles vinrent dire à Madeleine que le dîner était prêt. Elle fit signe à Albertine, qui se leva et alla vers la cuisine au bras de Vautrin. Jérôme prit Sarah par la taille et Adèle aux épaules, Charlotte, la main dans celle de Clémence, avança côte à côte avec Antoine.

– Il y a des changements, n'est-ce pas ? me dit Madeleine à mi-voix.

Bigre ! Il y en avait !

Je lui tendis le poing aussi galamment que je pus, elle y posa une main légère.

– Allons-nous avoir des mariages ? Y serai-je invité ?

– Vous le seriez sans aucun doute, mais il n'y en aura pas. C'est une coutume à laquelle les femmes de la Diguière paraissent renoncer.

Puis elle regarda la table :

– Le vin ! J'ai oublié le vin ! se récria-t-elle. Antoine, veux-tu aller en prendre à la cave ?

Les caves ! Il faut que je voie ces caves-là, me dis-je, elles doivent être aussi admirables que le reste.

Les nouveaux arrangements de la cuisine mettaient en valeur cette superbe pièce. Comme avant, les assiettes de porcelaine blanche étaient posées à même le bois, mais quelque chose changeait tout, dont je ne pris conscience qu'assis, déployant une serviette blanche, très finement brodée : les couverts étaient d'une belle argenterie ancienne, marquée d'initiales entrelacées. Il me sembla discerner un F, l'autre lettre était peut-être un A. Madame la Diguière surprit mon regard indiscret :

– C'est une collection de couverts qui appartenait à mon mari, dit-elle, il a tenu à l'apporter ici.

– Ils sont très beaux.

– Les verres aussi, ajouta-t-elle.

En effet. XVIIIe ? Je ne suis pas très instruit en ces matières, mais je remarquai qu'ils étaient tous dépareillés. Une de mes amies, fort éprise de verrerie, m'avait appris, devant *Le Déjeuner d'huîtres* du peintre De Troy, que nos façons de vouloir orner les tables de verres identiques, des plus grands aux plus petits, étaient récentes, peut-être liées à l'ascension de la bourgeoisie au XIXe siècle et à l'industrialisation, de cela elle n'était pas sûre : dans ce tableau, on voit parfois deux verres semblables, mais pas davantage. Je me dis que madame la Diguière le savait et que, chez elle, on garnissait la table comme l'avait garnie la femme du premier Octave Tremblay de la Diguière.

Au cours du repas, la conversation fut aussi vive et galopante que l'autre année, mais je sentis à quel point un arrière-plan d'angoisse l'avait colorée. C'est lorsque la peur est partie que l'on mesure sa violence : elle avait vibré dans les rires, qui étaient devenus légers, et dans les plaisanteries, sourdement teintées de désespoir. Un condamné à mort qui se respecte marche la tête haute, le dos raide : il y avait de la souplesse, de la liberté, une sécurité bien différente de cette tension masquée par la gaieté que j'avais vue l'autre fois.

On parla de tout : du logiciel créé par Charlotte, qui avait du succès, d'un chat que Sarah avait dû piquer, les larmes aux yeux car il était jeune et charmant, mais atteint par un cancer incurable qui commençait à le faire souffrir, de l'entrée prochaine de Clémence en Faculté, elle connaissait déjà le cours d'anatomie et attendait impatiemment la dissection car elle n'avait pas une bonne vision dans l'espace, qui est indispensable à une compréhension complète, des hésitations d'Adèle, excellente en lettres, mais qui pensait à passer en section maths-sciences pour élargir sa culture générale – Sans quoi, je serai toujours stupide devant la physique quantique ! – mais jamais de Louis Fontanin.

Le café fut servi à table. Je n'en pris pas car je crains l'insomnie. Les petites se retirèrent les premières, puis ce furent Sarah et Charlotte que Jérôme et Antoine emmenaient au cinéma. Vers dix heures, Albertine et Vautrin s'en allèrent sans préciser leur destination et je me retrouvai en tête à tête avec Madeleine.

Les jeunes filles rangeaient la cuisine.

– Allons en haut, dans le petit salon, proposa-t-elle, nous pourrons encore bavarder un moment. À moins que vous n'ayez sommeil ?

Il n'était pas question d'avoir sommeil si Madeleine me proposait de bavarder avec elle.

Le *petit* salon était cette pièce de dix mètres de long que j'avais admirée à mon arrivée.

– Ici, nous serons bien tranquilles. Il semble que les filles ne s'habituent pas à avoir un salon, personne n'y vient, sauf parfois quelque client qu'on y amène pour l'impressionner.

– Et qui l'est, je suppose.

– Oh oui ! C'est réussi, n'est-ce pas ?

– Remarquable. Le parti pris de meubles contemporains est très judicieux.

– Je n'aime pas les pléonasmes. La maison est assez ancienne pour se passer de faux vieux, et le vrai vieux est trop coûteux et peu confortable.

L'implication était que Madeleine avait fait les achats elle-même. Je me souvins des gages insuffisants qui n'étaient pas toujours payés. Je commençais à me dire qu'il serait grossier d'en parler, mais je crois que cette femme-là pensait plus vite que moi :

– Vous devez vous demander comment j'ai pu m'offrir tout cela ?

Je fis la mine un peu embarrassée qui convenait.

– Ce n'est pas compliqué, mais ce fut une grande surprise. Je vivais dans cette famille comme si c'était la mienne, je ne pensais jamais à l'argent, et je n'imaginais pas qu'Albertine y pensait. Depuis trente-cinq ans elle avait tenu mes comptes avec la plus grande précision : chaque mois qui n'était pas payé, et ils étaient nombreux ! l'indexation normale d'un salaire normal, les allocations, la sécurité sociale, car je n'étais pas déclarée, et par-dessus tout, les intérêts ! Cela faisait une somme invraisemblable. Je n'y croyais pas. Je me suis trouvée à la tête d'une petite fortune. Quand on a fait pousser ses carottes dans un potager pour économiser cent sous, cela étonne.

Elle riait.

– Je lui ai dit que, dans un sens, c'était absurde, puisque, par l'adoption, nous étions sœurs, et qu'elle n'avait pas à payer sa sœur, mais c'était juste pour la forme. Après tout, j'avais travaillé, et durement. J'ai pris l'argent avec plaisir. Puis nous avons discuté de mon statut. Nous étions d'accord, il ne convenait pas que je restasse servante : désormais, nous sommes des sœurs qui vivent dans la même maison, j'habite l'aile gauche de l'étage, je dirige les filles qui s'occupent du ménage et de la cuisine, il y en a deux qui logent ici, et en semaine une troisième qui vient de M*** et fait le gros travail. Depuis des années, lorsque j'avais du temps libre, j'aidais Albertine dans son travail de correcteur, cela a été officialisé et je touche mes honoraires personnels. Il faut dire que peu à peu, sa réputation s'est étendue, et qu'elle commençait à être débordée. Voilà comment de servante mal payée, je suis passée bourgeoise avec des revenus.

Très honorable usage de la fortune Fontanin.

– Vous ne m'avez jamais donné le sentiment d'occuper une position de servante.

– Sans doute parce que je n'avais pas ce sentiment.

Tout en parlant, Madeleine avait sorti des verres :

– Vous n'allez pas conduire : que voulez-vous boire ?

Elle me montrait un remarquable assortiment de boissons alcoolisées.

– Je préfère en rester au vin.

– Moi aussi. Je n'ai jamais aimé les alcools.

Dans son équipement, il y avait même un de ces petits réfrigérateurs qui gardent le vin à la bonne température. Elle me donna une bouteille à déboucher et nous nous installâmes confortablement.

– Je pense que, depuis votre arrivée, vous avez dû aller d'étonnement en étonnement.

– Le terme est faible.

Elle me regarda longuement, sans rien dire, et je sentis que quelque chose changeait. Puis elle détourna la tête, resta pensive, les yeux dans le vague, me parut s'assombrir.

– Vous savez d'où est venu l'argent.

Ce n'était pas une question.

– Et vous vous demandez pourquoi je n'en parle pas.

Il était inutile de réagir par l'une ou l'autre mimique de bienséance, forcément hypocrite puisque la curiosité me dévorait.

Elle continua, toujours sans me regarder :

– Apparemment, ce n'est pas très compliqué : il a institué Albertine sa légataire universelle. Il n'y avait aucune famille pour faire obstacle, et voilà ! C'est ainsi que cela s'est passé.

Elle tourna enfin les yeux vers moi :

– Exactement ainsi. Quoi de plus banal ? La grippe était dangereuse, l'hiver dernier. À soixante-huit ans, il était plus exposé aux complications qu'un homme jeune. On a tout fait pour le sauver.

Je gardais une immobilité totale, comme le chasseur à l'affût qui sait que le moindre bruit peut faire fuir la proie. Très vaguement, j'entrevis deux petites questions : Quel chasseur ? Quelle proie ? qui traversèrent le paysage sans s'arrêter.

– Parfois la médecine est impuissante.

Je sentis qu'un tout petit hochement de tête était nécessaire.

– Malgré l'extraordinaire déploiement des soins intensifs, l'oxygène, l'électrocardiogramme permanent, les perfusions contrôlées toutes les dix minutes, que sais-je ? ils n'ont rien épargné mais la septicémie a été la plus forte.

De nouveau, elle regarda ailleurs. Autour de nous, j'avais l'impression que l'atmosphère se chargeait d'électricité, comme lorsqu'on sent venir l'orage.

– Il n'a pas été le seul à succomber, dans le service. Les médecins se battaient également pour deux autres malades, un homme de soixante-dix ans et une vieille dame. La femme est morte la première, puis Fontanin, et, une heure plus tard, l'autre homme. La rage des soignants à sauver ces gens était impressionnante. Mais ils ont échoué.

Madeleine poussa un long soupir.

– Il n'y a rien de mystérieux dans tout cela, n'est-ce pas ?

Cette phrase elle-même mettait du mystère. Je décidai de ne plus feindre :

– Eh bien ! votre façon d'en parler donne à penser que si.

– L'hôpital était en état d'urgence. La grippe fondait sur tout le monde, et dans tous les services. Oh ! elle n'était pas toujours aussi dramatique, cela n'a pas fait une hécatombe, mais il paraît que notre région a été particulièrement touchée.

– Madeleine, qu'essayez-vous de me dire ?

– Êtes-vous sûr de vouloir l'entendre ?

Qui serait capable de dire non ?

– Vous avez tout fait pour cela.

– C'est vrai.

Elle sourit, malicieuse, légère, ce n'était plus cette femme perdue dans une réminiscence obscurément inquiétante, mais Madeleine telle que je la connaissais, celle qui aimait raconter et le faisait bien.

– Mais si je commence, nous en avons pour la nuit, et vous avez peut-être envie de dormir.

– Ne vous moquez pas de moi.

– Tout à l'heure, vous avez refusé le café.

– Vous ne m'aviez pas proposé un récit.

– En effet.

– Alors maintenant, puis-je me permettre de vous en demander ? Et très fort ?

– J'ai tout ce qu'il faut ici. Je ne dois même pas descendre. Je vais seulement vous demander d'aller prendre de l'eau dans une des salles de bains, dit-elle en me tendant une carafe.

À mon retour, elle achevait de préparer le filtre. Elle m'indiqua où se trouvaient les tasses, sortit une boîte de gâteaux secs, ce fut toute une petite agitation qui aurait pu me paraître absurde si je n'avais senti qu'elle *se chauffait*, comme on dit que font les comédiens et les danseurs avant d'entrer en scène.

Ses premières paroles ne m'étonnèrent pas vraiment :

– Vous connaissiez les petites. Vous avez vu Albertine. Avec toutes leurs différences, il faut comprendre qu'elles ne sont qu'une : elles *sont* la Diguière.

Elle observa une pause, comme pour donner leur poids total à ses paroles :

– Elles *sont* la Diguière. Exactement. Le toit qui perce, la chaudière qui ne fonctionne plus, la marche d'escalier qui bouge : c'était comme si leur propre corps tombait malade. Cela les faisait souffrir. Quand j'ai mes crises d'arthrose, plus rien ne compte que le mal, et cesser d'avoir mal. Je vendrais mon âme au diable si j'étais sûre d'en avoir une et si le diable existait et avait la bonté de se déranger pour une âme assez quelconque. La douleur me mange, je ne suis plus moi, je suis ce morceau de moi où ça fait mal. La tache d'humidité au plafond de la cuisine, c'était pour elles comme la sciatique qui se déclenche, ou l'infarctus qui menace. Alors, elles ont fait ce qu'il fallait pour sauver leur vie.

Je me demandais ce qu'elles avaient fait. Madeleine me regarda un moment, les yeux dans les yeux, si longuement que je fus sur le point de me sentir mal à l'aise.

– Si je ne vous le dis pas, personne ne le saura jamais. Ce sera perdu. Comprenez-vous, Monsieur, que je ne puisse pas supporter que ce soit perdu ?

Je ne comprenais, bien entendu ! rien du tout.

– Un acte grandiose et terrible, mais qui resterait absolument secret, seul celui qui l'a accompli saurait et il ne le dirait jamais : est-ce que cet acte existerait encore ? Ici, le cimetière est très ancien, certaines tombes remontent au XVe siècle : on ne sait rien, sur personne. Est-ce que c'est acceptable ? Des gens ont existé, qui ont mené leurs combats, vécu leurs chagrins, leurs bonheurs, et rien. Rien du tout. Quelques noms gravés sur la pierre, que le temps a rendus illisibles : l'oubli. Moi, voyez-vous, je suis seule, je n'ai pas eu d'enfants, ma sœur est morte. Elle vivait au Canada, elle avait une fille qui ne se souvient plus d'une tante qu'en vérité elle n'a jamais vue. Ce n'est pas grave, je n'ai eu qu'une vie banale, l'un ou l'autre homme, pas de passions. Mais elles ! Leur courage, leur folie, leurs excès, tout cela serait perdu ?

Elle tremblait.

– Je vais tout vous raconter. Vous le répéterez ou pas, c'est sans importance. D'ailleurs, je dirais que vous avez inventé. Et même : qui croirait les radotages d'une vieille femme sinon un fou aussi fou qu'elle ? Les dames de la Diguière sont insoupçonnables.

Je voudrais bien reproduire textuellement les paroles de Madeleine, mais cela dura des heures et j'en suis incapable. Par-ci, par-là je les ai encore dans l'oreille et je peux les noter : pour le reste, je ferai ce que je pourrai.

On se souvient que Fontanin voulait montrer sa maison à Albertine.

– Si jamais il vous convient que nous y habitions de temps en temps.

Ils allèrent donc à Paris, où madame la Diguière découvrit une demeure ravissante, décorée avec le plus grand soin par la défunte madame Fontanin. Elle avait été une femme de goût qui aimait à s'entourer de beaux objets achetés chez les antiquaires, peut-être ceux-là mêmes auxquels j'ai vendu les miens, pensa Albertine allant de pièce en pièce. Tout juste si elle ne s'attendait pas à reconnaître une commode, un guéridon, un tableau dont elle avait dû se défaire. À son grand étonnement, elle eut à se défendre d'un petit mouvement d'acrimonie, qui la poussa à exagérer les éloges. Elle eut besoin d'un certain temps pour récupérer sa quiétude et dire à Madeleine que tout était trop joli, trop étudié, trop soigneusement accordé. Elle se souvenait de la Diguière avant que la maison ne fût vidée :

– Ce qui manque, chez lui, c'est l'hétéroclite que les siècles avaient accumulé chez nous : le secrétaire Serrurier-Bovy de l'arrière-grand-père à côté de la coiffeuse Louis-Philippe de l'arrière-arrière-grand-mère et l'armoire Louis XIV que le premier Octave avait apportée. À force de vivre côte à côte, ils avaient fini par se ressembler, comme les vieux époux. À Paris, tout est harmonisé, c'est un musée, d'un goût exquis, mais comment vivre dans un musée ? Je crois que j'ai eu un terrible accès de jalousie : cette femme-là n'avait rien perdu, mais tout acquis.

Elle dissimula ces sentiments qui la choquaient pour montrer qu'elle appréciait à sa juste valeur la science que madame Fontanin avait déployée, et le futur époux fut très content. Il conduisit Albertine dans les grands restaurants, la présenta à ses amis, immédiatement séduits par sa beauté et sa grâce discrète. Il annonçait le mariage et lisait l'approbation dans les regards.

Le dernier soir, il ouvrit son coffre-fort et en sortit plusieurs écrins :

– C'étaient les bijoux de ma femme. Je ne sais pas ce que je dois faire : vous les offrir, ou les revendre et que vous alliez choisir les vôtres. Jouannet me dit de vous laisser la décision.

Jouannet était ce chauffeur bon conseiller qui lui avait suggéré d'aller à Vichy.

– Je n'ai jamais porté de bijoux, dit Albertine. Dans ma famille, ce sont les premières choses qui ont été vendues.

Il eut un geste d'embarras.

– Ceux-ci sont à vous. Et à vos filles, si elles en veulent.

Il était judicieux d'évoquer les filles. Albertine rit :

– Je ne vois pas Sarah inséminant une vache les doigts couverts de brillants, cependant on peut imaginer des diamants aux oreilles d'une jeune femme ingénieur en informatique. Nous verrons ce qu'elles en pensent.

Mais quand il lui proposa les couturiers, elle refusa tout net :

– Malgré mon âge, j'aurais le sentiment d'être une gamine qui se fait entretenir. Il faut me laisser le temps de m'habituer à votre argent.

Elle continua de téléphoner tous les soirs. Le ton des échanges fut très différent : il ne s'agissait plus de la chasse au prétendant, le statut de futur mari était établi et la plaisanterie de mauvais goût proscrite. Une subtile distance s'installa, qui séparait le couple et les filles – et qui persista jusqu'au bout et même après la mort de Fontanin, car Albertine ne permit jamais que l'on critiquât son mari devant elle.

Le samedi qui suivit mon départ, ils arrivèrent à la Diguière. Pour donner de la solennité à l'événement, on fit une exception : le portail fut largement ouvert et l'automobile pénétra dans la cour, sous l'œil inquiet d'Antoine qui surveillait son pavé. Jouannet tenait le volant, il avança très lentement, accentuant l'atmosphère de cérémonie. C'était un grand moment, attendu comme une révélation, on changeait de siècle, de millénaire, une ère nouvelle était annoncée par les Trompettes de la Renommée, le destin retenait son souffle, *ô temps, suspends ton vol*, les nuages s'écartèrent et les archanges éblouis chantèrent des alléluias. Albertine impatiente ouvrit sa portière avant que la voiture ne fût tout à fait arrêtée, sortit, regarda sa maison et eut un sanglot de bonheur : J'ai sauvé la Diguière, pensa-t-elle, en sentant tous les Octave lui sourire.

Les filles s'élancèrent, Adèle arriva la première et se jeta dans ses bras, puis ce fut Clémence rayonnante,

Charlotte, calme comme sa mère, et enfin Sarah, le chat qu'elle soignait dans les bras, disant à sa cliente que sa mère revenait de voyage, qu'il faudrait attendre quelques minutes. Madeleine restait un peu à l'écart, Albertine l'attira, elles se retrouvèrent toutes les six dans un embrassement désordonné, où les baisers, les rires, les exclamations fusaient, se répétaient, s'entre-croisaient. Fontanin regarda cela avec émotion et dit plus tard à Jouannet, qui le répéta à Madeleine : J'épouse une femme, et cela me donne une famille.

Lorsque le calme revint, Albertine commença les présentations.

Par Madeleine :

– Voici ma sœur.

– Je sais que vous avez été d'un grand secours à ma très chère Albertine, dit-il en s'inclinant sur la main tendue.

– Ce fut mon premier baisemain, commenta-t-elle dans son récit.

Puis Charlotte :

– Vous êtes l'informaticienne. La plus raisonnable.

– C'est donc la réputation que ma mère me fait ?

Et Sarah :

– Vétérinaire. Un très beau métier.

Madeleine se souvenait de chaque instant.

– Il faut aimer les vaches, répondit Sarah, qui avait toujours son chat malade dans les bras.

– Et mes petites-filles : Clémence.

– Qui sera médecin.

– Et Adèle.

– Vocation encore indéterminée, je crois ?

– J'hésite.

– Vous êtes plutôt littéraire, m'a dit madame la Diguière.

L'usage cérémonieux du *madame* fut apprécié.

– Oui, répondit Adèle. Ce qui est très embêtant : je ne me vois pas professeur de français, attendant ma nomination et un salaire décent pendant vingt ans.

– C'est pourtant faire un noble emploi de soi-même.

– Un apostolat, oui ! Je n'ai rien d'une mère Teresa. Je veux gagner de l'argent.

Il rit :

– Voilà qui a le mérite d'être clair.

– Elle est infernale, dit Albertine en lui ébouriffant les cheveux. Aucune pudeur.

– Grand-mère, la pudeur est un luxe qui a coûté cher aux femmes de ta génération. La mienne n'en aura pas les moyens.

Il y eut quelques rires complaisants, puis Albertine se tourna vers le chauffeur :

– Et voici Lucien Jouannet, le chauffeur de monsieur Fontanin.

On savait déjà son rôle essentiel auprès du futur mari, il fut très amicalement accueilli.

Puis Albertine fit signe à Jérôme et Antoine qui se tenaient à l'écart et les présenta comme des cousins d'un degré si éloigné qu'on ne le calculait plus, mais que l'amitié rendait très proches. Jouannet se dirigea vers le coffre en requérant leur aide. Ils sortirent plusieurs bacs à glace, qui furent transportés dans la cuisine et déposés sur la table, où l'on avait commencé à mettre le couvert pour onze personnes. Pendant que Fontanin s'extasiait légitimement sur la beauté de cette grande pièce ensoleillée, les hommes ouvrirent les baquets, en sortirent des bouteilles de champagne, du foie gras et des boîtes de caviar. Adèle poussa des cris d'émerveillement :

– Du caviar ! Je n'ai jamais mangé de caviar ! faut-il des louches ?

– Tout dépend de votre appétit, ma chère enfant, dit Fontanin ravi par cet enthousiasme.

– Il est énorme.

Elle fit une joyeuse grimace aux aînées :

– Et à mon âge, on peut encore le satisfaire sans craindre la cellulite.

Ce qui provoqua les protestations indignées de Sarah et Charlotte.

Sarah retourna à son cabinet pour terminer sa consultation, Madeleine et Albertine ouvrirent les boîtes et répartirent les contenus dans les plats, les garçons débouchèrent les bouteilles, les petites achevèrent de dresser la table, tout cela dans cette grande agitation joyeuse et ordonnée que j'avais déjà vue. De toute évidence, Fontanin était enchanté, il riait aux anges, certainement ceux qui avaient chanté des alléluias.

– Elles sont adorables, dit-il à Albertine, qui répondit qu'elle le savait bien.

Sitôt le repas terminé, il demanda à Antoine de lui montrer le toit.

– Tout de suite, dit Antoine qui, selon les usages, alla d'abord laver son assiette. Fontanin le regarda faire sans l'imiter et laissa ses couverts sur la table.

– Il faudra l'éduquer, commenta Adèle.

Les deux hommes allèrent d'abord dehors, puis montèrent dans les combles. Ils redescendirent après un quart d'heure et Fontanin s'adressa à Jérôme :

– Maintenant, je voudrais voir la camionnette de Sarah.

– Pourquoi est-ce Jérôme qui doit lui montrer *ma* camionnette ?

Charlotte fronça les sourcils.

– Il en installe, dit Adèle.

Discrètement, afin de ne pas être entendues d'Albertine, mais Madeleine ne manqua rien.

Puis Jouannet sortit les valises de la voiture. On avait préparé la rudimentaire chambre d'amis du rez-de-chaussée, en aérant et en nettoyant, certes, mais surtout en apportant une table, une chaise, un fauteuil, retirés des autres pièces pour que ce fût quand même un peu meublé. Madame la Diguière l'y conduisit, pas du tout embarrassée par la médiocrité de ce qu'elle pouvait offrir. Selon les critères de la famille, là il fut parfait, ne protestant pas que tout était très bien, demandant seulement si le matelas était assez dur pour convenir à son dos. Il savait que, faute de lit disponible, on ne pouvait pas loger Jouannet, le chauffeur coucherait temporairement à M***.

– Avec votre permission, nous irons lundi à L***, afin d'acheter l'essentiel, dit-il à Albertine.

– Tout ce dont vous aurez besoin. La maison est à moitié vide, l'espace ne manque pas.

Elle le laissa s'installer et gagna sa chambre, où les filles l'attendaient. Elle ouvrit sa valise, commença à ranger, rendit leurs vêtements à Sarah et Charlotte. Adèle vit un paquet, l'ouvrit sans demander la permission et déploya un très joli déshabillé.

– Mmm ! souffla Sarah. C'est pour le coucher de la mariée ?

– Sarah ! Tout de même ! protesta Charlotte.

Albertine soupira :

– C'est fou ce que ta sœur et sa fille se ressemblent ! lui dit-elle. Aussi indiscrètes l'une que l'autre !

– Et, poursuivit Adèle, l'objet n'ayant pas encore été déballé, j'en conclus que…

Un concert de protestations lui coupa la parole et Albertine les chassa toutes de sa chambre. Elles rejoignirent Madeleine en riant :

– Nous sommes punies.

– Je ne m'en étais pas vraiment rendu compte. Il y a trente ans qu'elle n'a plus fait l'amour, dit Sarah, un peu effarée.

Charlotte haussa les sourcils :

– Je me demande…

– Elle ne dira rien.

Madeleine leur rit au nez :

– C'est une chose à quoi on se réhabitue vite.

– Tout de même, il a soixante-sept ans, dit Clémence. Il pourrait avoir des difficultés.

– Maman, un vétérinaire peut-il prescrire du Viagra ? demanda Adèle, qui se fit vertement rabrouer.

Mais plus tard dans l'après-midi, Madeleine eut une conversation sérieuse avec Albertine un peu agacée par la curiosité des filles :

– Je me suis entièrement vouée à elles. Maintenant, je voudrais qu'elles me laissent un minimum de vie privée.

– Il faut bien avouer que tu ne les y as pas habituées.

– Zut !

Elles rirent.

– Toi aussi, tu veux savoir ?

– Non. Je sais. Tu ne l'as pas fait.

– D'où vient que tu en sois si sûre ?

– Ce serait contradictoire avec le personnage que tu as choisi, et qui lui plaît.

– Quel personnage ? demanda Albertine sincèrement perplexe.

– La femme absolument droite, honnête, désintéressée. Trente ans de chasteté pour l'appâter.

– Mais c'est la vérité !

– Tu t'en es servie. Tu le sais bien. Tu t'es montrée à lui telle que tu es dans la réalité, mais tu n'avais pas le choix. Tu n'as pas triché, tu as mené la vie d'une femme de qualité par obligation. Mais l'es-tu vraiment ?

– Je l'ignore. Je ne sais pas grand-chose de moi, Madeleine, j'ai toujours été portée par les événements.

C'était la vérité. Elles se regardèrent un instant sans rien dire, dans un mouvement de compassion mutuelle.

– Crois-tu que tu seras heureuse avec lui ?

– Moi, je ne sais pas. La Diguière, j'en suis sûre.

Madeleine s'arrêta un instant, me regarda :

– Là, tout était dit, Monsieur.

C'était la deuxième fois qu'elle me nommait Monsieur. Cela me dérangea.

– Pourquoi n'utilisez-vous pas mon prénom ? Vous avez exigé que j'emploie le vôtre, ce *monsieur* est désagréable, vous me traitez tout à coup en étranger, quand je croyais être un ami.

Elle rit gentiment :

– Je crois que je ne suis pas encore habituée à ma position de dame. Je vous promets de faire un effort.

Et, pour montrer sa bonne volonté, elle termina la phrase par mon prénom.

Je suppose que vous avez senti la place importante que Jouannet occupait auprès de Fontanin. Il vivait à ses côtés depuis quinze ans. Il avait été engagé par madame Fontanin qui détestait conduire, et surtout dans Paris éternellement encombré. De temps à autre, Fontanin recourut à ses services et découvrit le confort de s'asseoir à l'arrière pour consulter ses papiers ou téléphoner en circulant, il le demanda plus souvent, provoquant les protestations faussement indignées de sa femme. Le couple s'organisa, mit au point un horaire satisfaisant, et Jouannet se partagea. Il fut le premier informé du mal qui allait emporter madame Fontanin, car elle craignait terriblement les réactions de son mari à une si douloureuse nouvelle et aurait voulu surseoir. Il l'en dissuada en lui montrant combien il serait pénible pour cet homme d'avoir cru que tout allait normalement quand tout était déjà perdu. Il l'assista de son mieux, au point que, dans les derniers temps, il devint quasiment son garde-malade préféré et, après la mort, il fut le soutien quotidien de l'époux esseulé.

C'est à travers lui que nous comprîmes peu à peu le caractère de Fontanin : excellent homme d'affaires, bon juge quant aux choses professionnelles, dans sa vie personnelle c'était un emporté, toujours bouillonnant de projets qu'il détestait ne pas réaliser sur-le-champ. C'est ainsi qu'il se jeta sur Antoine pour mettre en œuvre la réparation du toit, l'envoya tout de suite à Angers ou au Portugal, selon ce qui serait le mieux, et, sachant les problèmes de la camionnette, demanda à Jérôme ce que Sarah désirait et passa immédiatement la commande. Averti, Jouannet lui eût certainement conseillé de laisser le temps de respirer aux gens qu'il inondait de ses bienfaits, mais il n'est pas certain qu'il l'eût écouté. C'est ainsi que, le jour même de son arrivée, deux problèmes majeurs étaient réglés, Sarah sidérée et Albertine troublée.

– Mon ami, nous ne sommes pas encore mariés !

– Nous le serons dans la quinzaine, et ce toit ne peut pas attendre. Pour le moment, il fait beau, mais Antoine m'a dit qu'il craint les pluies de septembre.

Puis, sentant le malaise de madame la Diguière :

– Et, de toute façon, nous serons mariés lorsque les factures arriveront !

Il avait des idées très claires sur le contrat de mariage : Albertine resterait seul possesseur de ses biens, mais il y aurait communauté complète quant à sa propre fortune, ainsi qu'un testament qui la confirmerait dans la qualité de légataire universel.

– De sorte que, en fin de compte, c'est votre propre argent qui paiera.

Elle montrait un certain embarras.

– Adèle vous dirait que vous vous encombrez de préjugés inutiles, continua-t-il.

– Adèle a l'innocence de ceux qui ne se sont pas encore frottés à la réalité. Elle se prétend cynique : elle est candide, dit Albertine mal à l'aise.

– Ne m'aviez-vous pas promis de m'aider à tirer plaisir de cet argent que j'ai accumulé sans trop savoir pourquoi ? Je suis tombé amoureux de votre maison au premier regard : heureusement que je vous ai connue avant elle, je vous aurais fait la cour pour avoir la maison.

Il est évident que de tels propos devaient vaincre toute résistance.

Il parcourait et reparcourait les couloirs en comptant ses pas, examinait longuement les pièces inutilisées, n'ouvrait jamais que comme par mégarde les portes de celles qui étaient habitées.

– En somme, il y a douze chambres, dit-il à Albertine.

Elle rit gentiment :

– Et quand tous les la Diguière ont dû se rassembler ici, c'était trop peu, il a fallu loger les domestiques au grenier, avec des rideaux pour leur assurer un minimum d'intimité.

– Mmm… On n'a jamais pensé à faire une auberge de luxe ? Un séjour de repos élégant pour personnes fatiguées ?

Il faudra que je lui raconte notre histoire en détail, dit-elle à Madeleine quand elle lui rapporta ces propos. Il ne se rend pas compte que la ruine arrive à tout petits pas, sans laisser le loisir de faire de vastes projets.

– Vous parlez d'investir. Il faut des capitaux. On y aurait pensé que c'eût été impossible : en fait de capitaux, il fallait toujours vendre quelque chose pour payer une urgence, lui répondit-elle.

– Bien sûr ! Bien sûr.

Il ne semblait pas vraiment convaincu.

– On peut emprunter. La propriété a de la valeur.

– Et comment être sûres de pouvoir rembourser ?

– À croire que nous nous étions mal débrouillées, me dit Madeleine, mais vous pensez bien que je me suis abstenue d'un tel commentaire !

Les ardoises portugaises sont plus bleutées que celles de la Diguière, qui venaient d'anciennes carrières épuisées, une difficulté à laquelle Antoine s'attendait, et que Fontanin avait balayée d'une chiquenaude :

– Cherchez ce qui sera le plus approprié, et si vous ne trouvez pas, il faudra tout refaire.

On n'était pas à quelques milliers d'euros près, n'est-ce pas ? Au grand soulagement d'Albertine, il finit par trouver la couleur exacte. Il revint à temps pour le mariage.

La cérémonie elle-même fut discrète : les filles et Madeleine, témoin d'Albertine, Jouannet, témoin de Fontanin pour l'échange des oui et des anneaux, qui se fit en dix minutes, puis ils rentrèrent à la Diguière où la fête était prête.

Une belle fête. Fontanin avait loué l'auberge de M*** pour loger ses amis, gens tous très bien élevés car personne ne marqua le moindre trouble devant le délabrement de la Diguière. La parentèle était là au grand complet, ainsi que les voisins, les clients de Sarah, les collègues de Charlotte, et même l'éditeur d'Albertine qui découvrait, stupéfait, le monde où vivait cette précieuse collaboratrice avec qui il travaillait depuis plus de quinze ans sans rien savoir d'elle. Tout autour de la cour et à l'arrière de la maison, on avait dressé des tentes qui, s'il pleuvait, abriteraient les tables sur tréteaux qu'un traiteur de L*** avait abondamment garnies, et des planchers attendaient les danseurs. Les invités burent, mangèrent et dansèrent jusque tard dans la nuit. La Diguière n'avait pas vu cela depuis des générations !

Ce soir-là, pour la première fois, Adèle demanda à Sarah qui était son père.

– Mais pourquoi maintenant ?

– Je n'avais jamais assisté à un mariage : j'ai pensé à celui de Charlotte et au tien, qui n'ont pas eu lieu, dit-elle en riant.

Puis elle fit une petite grimace, hésita, et se lança :

– Est-ce Jérôme ?

Sarah fut très étonnée :

– Jérôme ? Pourquoi Jérôme ?

– Sa façon de me regarder, de m'appeler, parfois, sa petite chérie – pas comme s'il essayait de me draguer.

– J'espère bien ! À son âge, draguer une fille qui n'a pas quinze ans !

– Ne détourne pas la conversation.

– Ce n'est pas Jérôme, affirma clairement Sarah.

– Mais tu sais qui c'est ?

– Évidemment ! Qu'est-ce que tu crois !

– Oh ! Il y a tellement d'histoires de filles qui couchent avec plusieurs garçons pendant la même soirée !

– Cela n'a jamais été mon genre, dit Sarah, se demandant si elle ne devait pas se montrer offusquée.

– Pourquoi n'as-tu jamais dit qui c'était ?

Sarah bafouilla quelque chose de maladroit, eut le sentiment d'être sotte et, rapportant plus tard cette conversation à Madeleine, avoua qu'elle sentait bien qu'Adèle avait le droit de savoir. Et Madeleine, exactement comme Adèle, lui demanda pourquoi elle n'avait jamais rien dit. Aux deux, elle fit la même réponse : J'avais mes raisons, mais de façon moins assurée à sa fille qu'à sa… tante ? Après tout, légalement, Madeleine était bien la tante de Sarah.

– D'après ce que j'ai lu, il est important de connaître le nom de son père, dit Adèle, nullement prête à renoncer.

– Nous n'aimons pas tellement les pères, dans la famille. Ils meurent tôt et laissent des situations difficiles. Autant s'en passer.

– Maman ! Tu dis des sottises ! Grand-mère et Charlotte n'ont pas choisi de s'en passer, toi si : cela ne se compare pas.

– Tu as raison.

Elle inspira fortement, redit à Adèle qu'elle avait raison, mais demanda un délai :

– Pas ce soir, si tu veux bien. Je ne suis pas prête. Je me suis tue pendant longtemps, il faut que je me fasse à l'idée de parler.

– C'est donc si grave, pour toi ?

– Naturellement. Autant pour moi que pour toi. Ne crois pas que je me suis tue par caprice. Je t'expliquerai tout.

Alors elles se jetèrent dans les bras l'une de l'autre et se couvrirent de baisers.

Il semble qu'un mariage provoque toujours des bouleversements dans l'équilibre d'une famille, mais peut-être pas aussi violents que ceux-ci. Symétriquement à Adèle interrogeant sa mère, Jérôme un peu ivre regardait Sarah virevolter entre plusieurs hommes qui lui faisaient la cour, et se confia à Fontanin – qui s'en ouvrit à Albertine :

– Vous avez bien de la chance. Moi, Sarah refuse de m'épouser depuis quinze ans.

Fontanin avait le calcul rapide :

– Quinze ans ? Êtes-vous le père d'Adèle ?

– Je n'en sais rien. Elle a toujours prétendu que non. Mais la petite me ressemble, n'est-ce pas ?

Il était brun et bouclé, Adèle blonde avec une masse de cheveux lisses, cela paraissait discutable.

– Heu… vous trouvez ?

– Elle a les yeux de ma mère.

– Évidemment… comme je ne connais pas madame votre mère…

Plus tard :

– Et qui est ce père ? demanda-t-il à Albertine.

– Je ne sais pas. Elle a toujours voulu garder le secret.

Fontanin resta pensif, mais il eut la délicatesse de ne pas pousser le questionnement, ce dont Albertine lui sut gré.

– Il sent les limites, dit-elle à Madeleine.

Qui, lors de son récit, regretta qu'il n'eût pas montré une si précieuse sensibilité dans tous les domaines.

Naturellement, Vautrin était malheureux. Il allait d'un buffet à l'autre, ne parlant pas, ne mangeant pas, buvant beaucoup et s'assombrissant de verre en verre. Le moment vint où Madeleine le vit chanceler, elle l'empoigna fermement et l'emmena dans la cuisine :

– Tu vas bientôt te donner en spectacle !

– Qu'est-ce qu'il a de plus que moi ?

Elle soupira :

– Des millions, et une demande en mariage.

– Elle ne m'a jamais encouragé.

Elle tenta, vainement, de lui expliquer qu'une femme comme Albertine n'encourage pas. Vautrin avait l'ivresse humiliée et ronchonneuse, il protesta qu'il s'était toujours senti indigne d'elle, ce qui, dans ce moment, paraissait indiscutable car il se tenait mal. Madeleine l'aimait bien et ne voulut pas qu'il exhibât sa détresse, alors elle le prit à bras-le-corps et le fit monter dans sa chambre, où il s'effondra sur son lit et s'endormit tout net. Mais où diable coucherai-je ? se demanda-t-elle en le regardant ronfler. Elle se souvint que, ce soir, Fontanin dormirait avec Albertine et que la chambre d'amis serait donc libre.

– Je ne sais pas trop pourquoi cela m'a fait rire aux larmes. Peut-être étais-je moi-même un peu saoule ?

Quant à Antoine il fit de son mieux pour exciter la jalousie de Charlotte : parmi les amis de Fontanin, il y avait quelques femmes juste assez jeunes pour être encore *draguables*.

– Je ferais bien, moi aussi, un mariage d'argent, dit-il à Charlotte, qui le désarma en lui jurant que, séduisant comme il était, il ne tiendrait qu'à lui.

Il grogna :

– Désormais tu vas être riche, tu n'auras plus de raisons de me refuser.

Elle rit gentiment :

– Donc, tu m'épouserais pour mon argent ?

– Pour tout ce que tu voudras. Laisse-moi te faire un enfant.

– Dans notre famille, cela ne justifie pas le mariage.

Vautrin malheureux, Jérôme jaloux, Antoine faisant mine de draguer, rien n'échappa au regard aigu d'Adèle.

– Ils ont tous les hormones en folie, dit-elle à Madeleine. Est-ce que les mariages font toujours autant d'effet ?

– Je ne sais pas, répondit-elle. Le dernier dont je me souviens est celui de tes grands-parents, et nous étions déjà trop pauvres pour qu'il y eût une fête.

– Il y a le notaire, les contrats, Voulez-vous prendre pour époux ? on signe des registres, tout cela est parfaitement aseptisé, administration et paperasses, et puis tout à coup ça lâche, on rit trop fort et c'est tout juste si un des collègues de Charlotte ne m'a pas pincé les fesses.

– Normal. C'est l'explosion pulsionnelle après la cérémonie sociale, dit Clémence.

– En clair, ils sont tous en train de penser que ce soir grand-mère va se faire sauter par monsieur Fontanin ? Et ça les chauffe ?

Elles étaient dans la cuisine, le seul endroit ou il y eût un peu de calme.

– On dirait.

Adèle resta quelques instants rêveuse.

– As-tu déjà fait l'amour ? demanda-t-elle à Clémence.

– Tu imagines que dans cette famille où tout le monde sait tout sur tout le monde, cela ne se saurait pas ?

– Et toi, Madeleine, depuis quand ne l'as-tu plus fait ?

Madeleine se déroba.

– Qu'est-ce qui te fait croire que je ne le fais pas ?

– Eh bien, comme dit Clémence, cela se saurait ! Moi, j'ai envie d'essayer. Mais pas avec le collègue de

Charlotte. Il est trop vieux et les garçons de mon âge sont trop jeunes. Clémence, tu n'as pas un copain sympa ?

– C'est ça ! Le prochain qui me plaît, je le mets en réserve pour toi !

– Et, surtout, soupira Madeleine, n'oubliez pas la pilule avant de commencer !

Vers une heure du matin, les invités de Fontanin commencèrent à s'en aller, puis ce furent les clients de Sarah, dont la plupart devraient traire les vaches à l'aube. Sur un signe de Madeleine, l'orchestre changea de style et joua du Mozart. On s'aperçut alors qu'Albertine et son nouvel époux s'étaient retirés. Il se forma un petit groupe qui bavarda encore un moment, bientôt la cour fut déserte.

Madeleine alla jeter un coup d'œil sur Vautrin, qui dormait paisiblement. Comme la nuit fraîchissait, elle posa une couverture sur la poitrine de l'amoureux déconfit et fut reprise par son bizarre fou rire en gagnant la chambre d'amis.

Il ne parut pas au petit déjeuner : on supposa que, gêné, il s'était éclipsé à l'aube.

Une nouvelle vie commençait à la Diguière, dont le premier signe fut un afflux de divers corps de métier qui s'attaquèrent au toit, aux châssis, aux vitres mal posées, aux peintures écaillées des couloirs et des pièces non occupées, ainsi qu'au jardin et aux sous-bois. Fontanin enthousiaste était partout à la fois, surveillant, suggérant, exigeant, mi-mouche du coche, mi-maître d'œuvre, et Antoine dissimulait son agacement avec une grande délicatesse.

– Voyez-vous, du début à la fin, tout le monde a été infiniment délicat avec lui.

Étant homme d'affaires, Fontanin trouva très naturel de discuter la question du budget domestique, et le fit avec Madeleine. Il lui expliqua que la discrétion d'Albertine l'empêchait d'aborder certains sujets, c'était peut-être une erreur, il n'en disconvenait pas, mais qu'il ne parvenait pas à corriger. Il savait à quel point elle était désintéressée et, dans leur relation, il se sentait encombré par sa fortune.

– Je ne sais pourquoi il me semble que ce sera plus facile avec vous.

– Cela vient de mon caractère : je suis une femme pratique, dit-elle en riant.

– Elle m'autorise à faire réparer le toit, remettre les sous-bois en ordre – quand je dis qu'elle m'autorise, ce n'est pas exact : je dis que je désire le faire, et elle m'en remercie. Mais je sens qu'elle ne voudra pas se servir librement de cet argent qui, désormais, lui appartient autant qu'à moi.

Il ne comprenait pas cette difficulté, qu'il n'avait pas rencontrée avec la précédente madame Fontanin. La fortune était là, on l'utilisait, n'est-ce pas ?

Aujourd'hui, m'attachant à relater cette histoire, je me dis que cet homme était d'une incroyable naïveté et qu'il ignorait ce dont les siècles ont chargé l'idée de l'argent. Il y avait un besoin – les populations épuisées avaient à peine la force de tenir debout – il apportait le nécessaire – de vastes casseroles emplies de bons légumes et de fortes viandes – les affamés mangeaient. Quoi de plus simple ?

– Il y a tant de choses à faire à la Diguière pour lui rendre son lustre.

Lui rendre son lustre ? Albertine n'en était encore qu'à sauver le domaine. Madeleine évita :

– Vous parliez du budget familial.

– Oui. Jouannet et moi allons vivre ici : il convient que je participe aux frais de ménage.

Elle respira, car elle avait cru qu'il voudrait tout prendre à sa charge. Elle établit avec lui une approximation de la dépense mensuelle, où entrèrent l'eau, le gaz et l'électricité, ils calculèrent des proportions, en tenant compte du fait que Fontanin aurait parfois à recevoir des gens, et se mirent d'accord pour une somme globale qui parût correcte aux deux parties.

Dès le lundi qui avait suivi leur arrivée, Fontanin et Jouannet étaient allés à L*** choisir les meubles nécessaires au logement du chauffeur. Le camion qui vint les livrer contenait de quoi aménager trois chambres, on débarqua de belles vieilles armoires, des tables, des sièges, etc., sous le regard ahuri des filles.

– Jouannet jouit-il de la faculté de se démultiplier ? demanda Adèle, un rien goguenarde.

– C'est pour le cas où j'aurais à loger des gens, éventualité que votre grand-mère m'a accordé le droit d'envisager.

On installa les meubles dans la chambre d'amis où Fontanin avait dormi avant le mariage, et dans deux pièces de l'étage. Comme ils étaient très beaux, les peintures écaillées et les taches d'humidité frappaient davantage le regard.

– Je ferai repeindre avant l'hiver, dit Fontanin.

Les petites s'amusèrent à disposer les tables, les sièges, il avait pensé à tout, elles rangèrent des piles de draps de lit dans les armoires, glissèrent les oreillers dans les taies et les édredons dans les housses, jouant à la maison de poupée avec des objets grandeur nature. Jouannet fixa des rails au-dessus des fenêtres, elles accrochèrent des rideaux et, comme touche finale, apportèrent quelques vases avec les fleurs de la fête. Albertine était allée à B*** discuter de son travail avec un auteur. À son retour, les filles l'entraînèrent d'une chambre à l'autre pour lui faire tout admirer.

– Mais vous avez dévalisé un antiquaire ! dit-elle en riant à Fontanin.

Ce soir-là, il n'y eut pas de fausses notes – hors celle qui allait se reproduire tous les jours : à la fin du repas, jamais Fontanin n'alla laver son assiette dans l'évier ou la déposer dans la vaisselleuse. Jouannet qui avait très vite compris les usages de la maison la prenait avec la sienne, ce qui provoquait les regards désapprobateurs de Clémence et Adèle, qui eurent une grande discussion avec Madeleine :

– Il ne se peut pas que Jouannet mange à table avec nous et soit ensuite traité en domestique !

– Et moi ?

– Comment cela, toi ?

– Je mange avec vous et je suis la servante.

– Ce n'est pas la même chose !

C'est ainsi qu'elle découvrit avec amusement que les petites qui connaissaient sa position réelle en refusaient fermement les implications.

Mais était-ce bien sa position réelle ? Après tout, elle était aussi la sœur adoptive d'Albertine. Comme sœur, elle n'avait pas à être payée, mais à participer, au même titre que les autres, à l'entretien de la famille. Madeleine expliqua que cette fraternité n'était qu'une fiction légale, à laquelle elle n'avait, d'ailleurs, pas donné son consentement. Cette discussion passionna tellement les filles qu'elles la poursuivirent le soir, devant Fontanin stupéfait que Madeleine ne touchât pratiquement jamais de salaire. Il eut l'esprit de ne pas y participer, mais y revint dès qu'il fut seul avec Albertine, en protestant que c'était une situation impossible et qu'il voulait régulariser au plus vite. À quoi madame la Diguière s'opposa, en disant qu'il blesserait Madeleine et elle-même :

– Cela ne regarde que nous deux.

– Toute personne qui travaille a droit à un salaire.

– Ne croyez pas que nous l'ignorions. Mais c'est une affaire entre nous.

Il marqua qu'il était choqué.

– C'est l'histoire de deux vies, je vous la dirai peu à peu. Pour l'instant, je serai simple : Charlotte, Sarah et moi gagnerions assez pour vivre et payer Madeleine, s'il n'y avait la Diguière, qui est ruineuse, vous verrez les factures ! Tous les ans, l'impôt foncier nous met à ras de la catastrophe, et en plus il y a les réparations obligatoires.

– L'impôt foncier ?

Elle lui montra la note.

– Il faut le payer immédiatement. Vous savez que j'ai garni votre compte en banque.

– Mesurez-vous à quel point cela peut être embarrassant ?

– Non, ma chère Albertine, il n'est pas question que je le mesure, et je refuse que cela vous embarrasse.

La vérité est là : elle l'avait épousé pour sa fortune et rougissait d'utiliser son argent. Madeleine semblait trouver cette contradiction tout à fait naturelle. Est-ce une sotte logique masculine qui m'empêche de comprendre ?

– Promettez-moi de payer Madeleine quand vous aurez payé le foncier.

Elle promit. Plus tard, au moment de s'endormir, il ne put pas retenir une question :

– Et, sans moi, qu'auriez-vous fait ?

– J'aurais vendu un morceau de la Haute-Digue, le terrain qui est au-delà de la rivière.

– Mais cela vous aurait brisé le cœur !

Elle dit simplement : Oui.

À la banque, elle osa à peine regarder ce compte. Il y avait déposé deux cent cinquante mille euros. Elle remplit les papiers nécessaires d'une main tremblante, elle avait le sentiment de commettre une malhonnêteté. Madeleine comprenait – elle ! – mais ne voulait pas qu'Albertine s'enlisât dans les scrupules. Alors, j'ai frappé fort, me dit-elle.

– Et au lit, il te plaît ?

Là, Albertine ne rougit pas du tout :

– J'avais presque oublié à quel point j'aime ça.

– Je ne vois donc pas où est le problème.

Dois-je admettre l'hypothèse que je suis un vieil imbécile ?

Comme elle voulait que l'argent de son nouvel époux fût strictement consacré à la Diguière, elle ouvrit un autre compte sur lequel elle transféra les deux cent cinquante mille euros.

Les premiers travaux allèrent grand train, mais Fontanin n'avait pas l'intention de s'en tenir au toit et au jardin. Il dit à Albertine qu'il faudrait des salles de bains supplémentaires :

– C'était parfait tant que vous n'étiez que six femmes étroitement liées, mais cela ne va plus. Jouannet et moi trouvons un peu gênant de laisser nos rasoirs parmi les pots de crème de vos filles, et encombrant de les remporter chaque fois dans la chambre.

Évidemment, si c'était pour le confort de l'époux…

– Il y a deux pièces à l'étage qui se prêteraient bien à ce nouvel usage : l'une est au-dessus de la salle de bains qui existe déjà, l'autre au-dessus de la cuisine, il sera facile d'installer la tuyauterie.

C'était incontestable. On regarda les prospectus qui décrivaient des salles de bains de rêve, avec des baignoires gigantesques élégamment encastrées et tout un petit mobilier au *design* très étudié, et bientôt les plombiers qu'Antoine avait choisis pour leur habileté arrivèrent.

– Dans le même temps, nous pourrions peut-être moderniser notre propre salle de bains ?

– Non. Elle fonctionne, ce serait une dépense inutile.

Il n'insista pas.

Mais le soir même, au dîner il regarda pensivement autour de lui. La cuisinière à gaz était vétuste, les portes des armoires de l'arrière-grand-mère ne fermaient plus, l'usure avait tellement attaqué l'évier que, même lorsqu'on venait de le récurer, il n'avait pas l'air propre. Il se contint une demi-heure, puis parla de plaques de vitro-céramique, qui sont si faciles à entretenir et souvent admirablement dessinées. Madeleine regarda ses brûleurs à gaz mangés par la rouille :

– Ils cuisent toujours bien.

– Je crois qu'ils ont mon âge, dit Charlotte rieuse. Oh ! on faisait encore du durable, dans ce temps-là ! Quand vous pensez qu'un ordinateur se démode en quatre ans !

– Mais ils sont compliqués à nettoyer. Tandis qu'une plaque de vitro-céramique… n'est-ce pas Lucien ? dit-il en se tournant vers Jouannet, pas tellement étonné d'être appelé à l'aide.

– Il faut bien dire que d'un seul coup de torchon…

Il laissa sa phrase en suspens, il n'avait pas envie de prendre parti dans la controverse imminente.

– Madeleine, qu'en diriez-vous ?

Elle regarda Albertine et ne répondit pas. Adèle soupira :

– Les grandes personnes vous diront toutes que, tant que la cuisinière fonctionne, c'est une dépense inutile et, pire ! somptuaire.

– Et vous, jeune personne, qu'en dites-vous ?

– Oh ! moi, en fait de dépenses inutiles, j'ai des tas de suggestions, mais on ne m'écoute jamais.

– Et quelles suggestions ?

Elle compta sur ses doigts :

– Une télé avec lecteur de vidéo et de DVD. Mon ordinateur personnel pour ne plus attendre que les autres aient fini de faire des choses sérieuses sur l'ordinateur de Sarah, des baskets Nike, je suis la seule à l'école qui n'en aie pas, le Littré en six volumes, avec le supplément pour les termes contemporains…

Elle était prête à continuer mais des protestations l'interrompirent, elle fut traitée de sans vergogne et d'exploiteuse de bons sentiments, Sarah gémit que sa fille lui faisait une réputation de mauvaise mère, Clémence qu'elle voulait des livres d'anatomie, mais n'en avait pas parlé par discrétion, et que fais-tu, là, en le disant ? ronchonna Charlotte, Jérôme et Antoine se plaignirent que les petites, qu'ils aimaient comme leurs propres enfants, ne leur eussent jamais rien demandé, et Fontanin enchanté répétait à Jouannet qu'il inscrivît bien tout dans le carnet des courses. Madeleine me décrivait l'atmosphère de grand chahut qui m'avait tellement charmé, et qui revenait pour la première fois depuis l'entrée de Fontanin dans la famille. C'était une sorte d'intronisation, mais dont il ne mesura, hélas ! pas clairement les limites.

Elle pensait, mais n'en était pas sûre, que ce même soir on se demanda comment nommer le nouveau mari. Charlotte s'était adressée à lui en le nommant *monsieur* Fontanin, il protesta, disant que le *monsieur* était impossible, qu'il fallait trouver autre chose, ce qui entraîna un nouveau débat :

– Le lien de parenté est facile à définir, dit Clémence, vous êtes le mari de ma grand-mère, mais comment nomme-t-on ce lien-là ?

– Pour nos mères, c'est facile, enchaîna Adèle, vous êtes le beau-père. Mais nous ? Je n'ai jamais entendu parler de beau-grand-père. Évidemment, c'est un peu longuet, mais cela ne manque pas de dignité.

– Beau-grand-papa ? suggéra Clémence.

– Excellent-grand-papy ?

– Bon-grand-pépé ?

Elles étaient lancées et auraient continué, mais Albertine, mi-amusée, mi-agacée, régla la question :

– Vous direz Louis, tout simplement.

Puis se tournant vers Fontanin :

– Si cela vous convient ?

Il le souhaitait, mais n'avait pas osé le suggérer, par crainte de faire effraction dans l'intimité familiale.

– Tu parles ! dit Adèle lorsque Albertine et Louis se furent retirés.

– Écoute ! Il n'a que de bonnes intentions, répliqua faiblement Sarah.

Antoine reprit les mêmes mots, mais avec fermeté :

– Il *n'a* que de bonnes intentions ! Il trouve que la Diguière est une merveille et veut lui rendre sa splendeur.

– On ne lui en demande pas tant.

– Il se l'approprie.

– Il n'a pas demandé s'il pouvait re-meubler les chambres.

– Cela vous a follement amusées.

– Bien sûr. C'était tellement extraordinaire de voir arriver des choses dans cette maison d'où nous avons toujours tout vu partir ! Mais il y a des limites.

– Il demande, il propose. Vous avez accepté les salles de bains, dit Jérôme, qui fut soutenu par Antoine :

– Avouez que six personnes pour une seule baignoire était peu pratique. Huit devenait dément.

Sarah rappela que Fontanin avait demandé à Jérôme, pas à elle-même, de montrer la camionnette.

– Il est d'une génération où la technique était considérée comme affaire d'hommes.

Le ton monta, les garçons furent accusés de défendre Fontanin parce qu'il leur donnait du travail, ce qui les mit en fureur, ils n'avaient pas besoin de cela, et ils rétorquèrent en leur rappelant qu'elles avaient pleuré sur le danger où était le domaine, on frôlait la dispute quand Madeleine intervint en révélant qu'Albertine avait envisagé de vendre une partie de la Haute-Digue, seule façon de se procurer les quinze mille euros obligatoires. Les filles furent consternées.

– Où aviez-vous la tête ? Comment croyiez-vous trouver l'argent ?

Elles ne savaient pas.

– Vous êtes d'une ingratitude noire. Sans lui, pas de toit, mais les huissiers.

Elles jurèrent de ne plus grogner.

Je parlais de serments d'ivrogne…

Il était plus de minuit. Madeleine fit une pause.

– Êtes-vous fatiguée ?

– Certainement pas. Depuis que nous avons les jeunes filles, et une femme de ménage pour les gros travaux, je ne me fatigue plus. Trop peu, même, je ne dors plus comme avant. À moins que…

Elle resta un instant pensive.

– À moins que ce ne soit ce que je sais, et que je préférerais ne pas savoir. Mais je n'ai pas eu le choix, n'est-ce pas ? Cependant, peut-être êtes-vous fatigué ?

Je ne l'étais pas du tout.

– Mais j'ai soif. Allons-nous reprendre du café ?

Je n'y tenais pas. J'ai le cœur en bon état, mais je n'ai pas envie de provoquer le sort.

– Vous avez raison. Nous avons le choix entre les jus de fruits et les alcools.

– Les deux, dis-je gaiement. Je n'ai jamais vu que l'alcool désaltère.

– Alors, je ne vois qu'un peu de gin dans beaucoup de jus d'orange ?

Madeleine prépara les verres, me pria d'ouvrir quelques sachets et de disposer les biscuits salés dans de petites assiettes.

Des camps s'étaient formés : d'un côté les quatre filles, rétives et qui tentaient d'être reconnaissantes, de l'autre, des positions plus complexes. Jérôme et Antoine, les réalistes, tentaient de les comprendre sans les approuver. Au début, Fontanin ne fit rien qu'Albertine n'y consentît, mais il bouillonnait d'impatience et avait une idée nouvelle tous les jours. Madame la Diguière le freinait autant qu'elle pouvait.

– Jamais personne ne la nomma madame Fontanin. Et le plus étrange est que lui-même, parlant d'elle aux ouvriers ou aux visiteurs, quand il ne disait pas ma femme disait toujours madame la Diguière. Comme s'il avait l'intuition qu'elle ne pouvait pas changer de nom. Peut-être Albertine lui avait-elle raconté son premier mariage, et qu'elle était restée la Diguière ? Elle ne me l'a pas dit.

Mais quand elle mettait un frein ici, il proposait là. Ainsi, il ne renonça pas à sa plaque de vitro-céramique et laissa traîner des prospectus à la cuisine. Il s'arrangeait pour que ce fût toujours le genre de publicité qui ne mentionne pas le prix, ce qui était naïf et ne trompait personne. Il ajouta bientôt de superbes images des ameublements Poggenpohl et Mobalpa que, derrière son dos, on regardait avec le plus grand intérêt. Jamais personne n'avoua la tentation.

Elle eut un petit rire sec :

– Mais vous avez pu constater, en bas, qu'elle existait !

Il tint quelques jours et finit par en parler.

– Balancer les meubles de l'arrière-grand-mère ! Mais, *Louis*, Albertine en ferait une maladie ! dit Adèle.

Elle avait souligné le prénom. On avait remarqué que chaque fois que les filles le nommaient ainsi, il faisait un large sourire.

– Vraiment, ma chère Albertine, vous y tenez tellement ?

– Ils sont affreux, j'en suis bien consciente, et déglingués. Mais je les ai toujours vus là.

– Ce sont les traces de votre histoire, dit-il, montrant une sensibilité qui fit plaisir.

On ne peut pas vraiment dire qu'Albertine et Madeleine fussent dans le même camp, sauf que ni l'une ni l'autre, jamais, ne prononça une parole hostile à Fontanin. Cependant les filles, qui ne se gênaient pas pour ronchonner devant Madeleine, respectèrent strictement la position de leur mère, dont il était évident qu'elle n'eût rien toléré.

Madeleine avait le sentiment que Lucien Jouannet tentait de modérer Fontanin. On vit souvent le nouvel époux chercher une aide auprès de lui : N'est-ce pas ? Lucien, disait-il à propos de la plaque de vitro-céramique ou des meubles de cuisine, et Lucien se contentait de sourires discrets. C'est à lui qu'elle attribua le fait que, lorsque le Littré et les livres d'anatomie arrivèrent, ils n'étaient pas neufs mais provenaient d'une bouquinerie, ce qui permit qu'ils fussent acceptés sans difficulté.

L'installation des nouvelles salles de bains n'avançait qu'assez lentement, à cause des soins extrêmes qu'il fallait prendre pour ne rien abîmer : c'est que l'on devait passer par les rares endroits où les lambris d'origine n'avaient pas été retirés. On pensait que la plupart des ouvriers s'en iraient lorsque les travaux extérieurs seraient achevés : Fontanin garda les peintres, qu'il mit à l'œuvre dans toutes les pièces inoccupées, ce qui faisait à peu près la moitié de la maison. Il discuta avec Albertine si l'on remettrait des cheminées. Le débat commença en tête à tête, mais madame la Diguière, considérant qu'elle n'était pas seule à devoir en décider, porta la question en séance plénière, au dîner.

– Je *me* demande… dit-elle, présentant les choses comme s'il s'agissait, vraiment, de sa préoccupation personnelle.

Il n'était pas question de faux vieux, tout le monde était d'accord, le vrai vieux coûtait les yeux de la tête et, de plus, il faudrait courir toute l'Europe pour harmoniser correctement seize cheminées au style de la maison ! L'unanimité se fit autour de la suppression.

Ce fut la dernière discussion ouverte.

La camionnette neuve arriva. On travaillait sur le toit :

– Les millions tombent du ciel comme des oiseaux migrateurs, dit Charlotte.

– Pas du tout. Les oiseaux passent sans se poser, répondit Sarah.

Et un matin, les bras chargés de la lessive qu'il aidait Albertine à porter dans la buanderie, traversant le grand salon, Fontanin s'arrêta tout net, regarda autour de lui :

– Il faudrait que cette pièce, qui a des proportions superbes, retrouve sa fonction et reçoive un ameublement digne d'elle.

Il n'avait pas vu Adèle, assise à croupetons devant sa machine à écrire.

– Quelle fonction ? dit-elle.

Il sursauta, se retourna, lui sourit :

– Mais celle d'un salon ! C'est devenu un lieu de passage, pire, une sorte de hangar vide.

Elle le regarda, eut un bref hochement de tête et reprit sa tâche.

– Mais que fait-elle ? demanda-t-il à Albertine lorsqu'ils furent dans le vestibule.

– Ah ! C'est un secret. On ne peut pas en parler. On ne peut même pas savoir qu'elle y passe tout son temps libre, répondit-elle en riant.

– Drôle de secret, qui implique une activité publique !

– Non. N'oubliez pas qu'on ne vient jamais ici, sauf moi, pour regagner ma chambre, et désormais vous.

Il restait perplexe et posa la question que personne ne posait à Adèle :

– Mais pourquoi là ?

– Je n'en ai pas la moindre idée.

Ils étaient arrivés à la cuisine :

– Et vous, Madeleine ?

– Pas davantage.

Il est vrai que c'était un choix étrange. Adèle avait, comme les autres, une grande chambre, peu meublée, certes, mais bien éclairée et suffisamment chauffée pendant l'hiver, où elle accomplissait ses tâches d'écolière. L'activité prétendument mystérieuse aurait fort bien pu s'y dérouler. Je dis *prétendument*, parce qu'on se doutait bien de sa nature : Adèle écrivait. Moi-même, j'y avais pensé, en la voyant entre un cahier et une pile de feuilles dactylographiées, je ne sais quelle intuition m'avait incité à me taire. Il était interdit d'y faire la moindre allusion. On supposait que, jeune comme elle était, elle craignait les moqueries, ce qui agaçait : aucune femme de cette famille n'était portée à se moquer d'une autre. Mais on respectait la règle du silence, et on ne discutait pas le grand salon qui, de la sorte, retrouvait une fonction. Et pourquoi cet endroit-là ? demandai-je moi aussi à Madeleine. Elle n'avait pas d'hypothèse.

– Et vous, l'architecte ?

– Architecte, oui, mais pas psychologue.

Il me vint cependant une idée, que je lui soumis : pendant des générations, la galerie avait été le lieu de la vie sociale. Elle avait eu cette fonction de lien entre le dedans et le dehors qu'ont les salles de réception dans les anciennes demeures, et que gardent encore aujourd'hui les salles de séjour, dans certaines familles. C'était une sorte de frontière, où peut-être Adèle se sentait un peu hors du groupe, sans le quitter.

– Et, si ça se trouve, comme reliée au passé ?

– Pour quelqu'un qui se déclare non psychologue, vous ne manquez pas d'imagination ! me dit Madeleine en riant. Cela m'a l'air très vraisemblable.

– Je suppose qu'elle ne montre rien de ce qu'elle fait ?

– Cela va de soi.

Je me souvenais – je me souviens encore assez bien de mes quinze ans pour comprendre cette fille, portée par une passion qui devait l'effrayer. À cet âge j'écrivais des poèmes dont je cachais l'existence à ma mère. À dire vrai j'ai abandonné, le plus judicieusement du monde, une activité qui ne correspondait pas vraiment à mes aptitudes. J'espérai qu'Adèle eût du talent.

Le grand salon était son fief, cela se discutait d'autant moins qu'on n'en avait plus l'usage. Fontanin dit à Albertine qu'il devrait recevoir :

– Je croyais que vous étiez retiré des affaires ?

Il l'était, oui, mais. Il expliqua ce oui et ce mais, il se montra plus convaincu que convaincant et les dames de la Diguière conclurent qu'il avait tout simplement changé son style d'activité : il ne dirigeait plus des usines, mais des capitaux, ce qui, pour elles comme pour moi, resta tout à fait énigmatique.

Il n'était pas homme à perdre ses objectifs de vue :

– Et même si la cuisine, qui est un lieu superbe, était remeublée, je ne crois pas qu'elle conviendrait au genre de discussions que je puis être amené à avoir.

Albertine lui proposa la pièce du premier étage qui, plus tard, devint le salon de Madeleine. Il y alla, regarda, commenta, on sentait que la galerie lui plaisait davantage.

– Il n'est pas question de toucher au grand salon, dit Adèle furieuse.

Ce fut l'explosion :

– Le toit et les impôts, très bien. Il en rajoute, grogna Sarah, qui n'était pas remise de ce qu'elle nommait le coup de la camionnette.

– Trois chambres remeublées à son goût.

– Deux salles de bains supplémentaires.

– Tous les murs repeints.

– Même d'occasion, un Littré coûte les yeux de la tête !

– La plaque de vitro-céramique.

– La cuisine Poggenpohl.

– Il nous achète !

Leur injustice choqua Madeleine :

– Vous auriez préféré qu'Albertine vende la Haute-Digue ?

– Il exagère. Nous ne serons bientôt plus chez nous.

– Un million par-ci, un million par-là, je vais bientôt me sentir ridicule avec mes honoraires pour castration de chats !

– Et moi, dit Charlotte, qui me suis acharnée à obtenir de Durieux mes dix pour cent d'augmentation !

– Vous n'êtes pas cohérentes. Il a sauvé la Diguière.

– Ce n'est pas une raison pour s'en emparer.

Madeleine sentait qu'elles étaient obscurément humiliées. Elles s'étaient battues avec rage, les moyens dont elles disposaient n'auraient pas sauvé le domaine, Fontanin arrivait nanti de millions qu'il dépensait sans compter et réglait d'une chiquenaude les questions vitales.

– Il ne s'agit pas qu'il s'en empare. Pour qui prenez-vous votre mère ? Jamais elle ne le permettrait.

Là, elles savaient que Madeleine avait raison, ce qui ne diminuait pas l'agacement. Elles furent de mauvaise foi :

– Et comment l'empêchera-t-elle ? Tout ce qu'il propose est raisonnable : il faut bien avouer que les armoires de l'arrière-grand-mère sont hideuses et que la cuisinière a plus de trente ans !

– Il est tellement généreux qu'il va nous étouffer de gratitude !

– Le grand salon est une merveille, mais le papier à tapisser se décolle des murs !

– Et les radiateurs qu'on y a placés au début du siècle sont mangés par la rouille.

– Tout ça, c'est très bien, mais je n'ai toujours pas mes baskets !

Madeleine mit les mains sur ses oreilles et poussa les hauts cris :

– Vous êtes abominables ! Je ne veux plus rien entendre.

Et comme elles sentaient qu'elles étaient allées trop loin, elles se turent.

Pour l'instant.

Car Fontanin ne put pas s'arrêter. Il était comme enfiévré. Je pense qu'il était tombé amoureux de la Diguière, ce qui, en vérité, me paraît tout naturel, et qu'il l'imaginait, en effet, rétablie dans son ancienne splendeur. Il parcourut la cour avec Antoine, qui ne cacha pas qu'il rêvait de restaurer le pavement. Il demanda à Albertine si elle tenait au papier Liberty, il connaissait les gens qui pourraient imprimer exactement le même. Peut-être plus sensible que lui aux atmosphères et aux brefs regards que les filles échangeaient parfois entre elles, Jouannet eut avec Madeleine quelques conversations apparemment accidentelles, où il essayait d'expliquer son patron en parlant de la première madame Fontanin.

Elle était issue d'une vieille famille bourgeoise pourvue depuis des générations et trouvait tout naturel de dépenser l'argent de son mari.

– Surtout que c'était pour leur maison.

Il ne lui mit jamais de limites : elle achetait bien. Si bien, d'ailleurs, que lorsqu'on revendit tout chez Drouot et chez Cartier, il y en eut pour plusieurs millions. Elle adorait chiner, et le faisait avec tant d'habileté qu'un jour elle ramena des Puces un manteau de vison, le marchand avait été distrait. Fontanin ne comprenait pas du tout la discrétion d'Albertine qui, les impôts payés et le toit réparé, se serait volontiers passée de toucher à la fortune de l'homme qu'elle avait épousé pour cette fortune.

– Madame Fontanin n'avait jamais travaillé, mais on lui avait appris la valeur de l'argent, elle ne gaspillait pas. Elle considérait que sa tâche était de recevoir et de régler la vie mondaine de son mari, et son devoir d'être élégante, ainsi que lui avait montré sa mère. Comme son mari était un homme très occupé, elle allait chez le tailleur, choisissait les tissus et les modèles, et inscrivait dans l'agenda les séances d'essayage.

– J'écoutais tout cela en riant sous cape, me dit Madeleine. Je ne voyais vraiment pas Albertine chez ce tailleur !

Ces époux tranquilles s'entendaient bien. L'absence d'enfants ne parut pas les troubler, Fontanin qui parlait de tout à son chauffeur ne lui parla pas de cela, de sorte que Jouannet ne sut pas si c'était une décision ou une impossibilité. Le mal qui emporta madame Fontanin le faisait pencher pour la seconde hypothèse, mais, dit-il à Madeleine, je n'ai aucune connaissance médicale.

– Tout cela vous explique pourquoi Monsieur est un peu étonné de ne pas voir Madame se lancer plus fermement dans la remise en état complète de la Diguière : c'est ce qu'eût fait sa première femme.

Alors, il attribuait tout aux scrupules et se mettait lui-même à la tâche. Il ne concevait pas que l'on pût avoir des désirs différents des siens.

Il conduisait ses affaires par courrier électronique et par téléphone. Le reste du temps il courait les antiquaires de la région, qui le charmaient car on y voit d'autres choses qu'à Paris.

– Le style Boulle, le bois poli et les ornements dorés ne seraient pas dans le ton de la maison, disait-il à Albertine qui gardait sa réserve. Je vois plutôt du vieux chêne sombre, le ton un peu rude du XIXe provincial.

Il découvrit Spilliaert, de Braekeleer et Mellery et emmena Albertine les regarder. Elle connaissait :

– Avez-vous vu les prix de tout cela ?

– Quand je vous dis que la seule chose qui compte est de savoir s'ils vous plaisent !

– J'aurais mauvais goût ! Mais pas maintenant.

– Quand ?

Elle rit gentiment :

– Lorsque je ne serai plus épouvantée par ce que vous avez déjà dépensé !

– Quand mettrai-je dans votre jolie tête de bois que cela n'a aucune importance ?

Mais il ne résista pas à un immense bahut, dans le genre de ceux qu'on voit au fond des sacristies, haut et large à y ranger les péchés de plusieurs vies vouées à la chasteté. Il paya sans en parler à madame la Diguière et, sur les conseils de Jouannet, dit au marchand qu'il se le ferait livrer un peu plus tard.

Vers le milieu du mois d'août, le vacarme fut à son comble : on clouait sur le toit, on tronçonnait dans les jardins, on forait dans les salles de bains, l'activité des peintres n'était pas bruyante, mais c'étaient des Italiens, qui chantaient. Adèle et Clémence se réfugièrent dans le grand salon, seule pièce que sa situation mît, plus ou moins, à l'abri du bruit. Fontanin tenta de se soumettre à la règle de discrétion et ne demanda pas à Adèle ce qu'elle faisait, cependant il ne put s'empêcher de s'approcher de Clémence plongée dans ses livres d'anatomie.

– Mais vous n'entrez en Faculté que dans un an !

– Je prends de l'avance, dit-elle. On m'a prévenue : étudier l'anatomie, c'est comme apprendre l'annuaire des téléphones par cœur.

Il regarda l'image qu'elle redessinait avec soin :

– Quel est cet os-là ? Si c'est bien un os ?

– C'est est un. L'omoplate.

– N'auriez-vous pas besoin d'un squelette ?

– Cela me faciliterait les choses, car je n'ai pas une bonne vision dans l'espace. Mais, même en plastique, ils coûtent les yeux de la tête.

Jouannet ne put pas empêcher Fontanin de faire envoyer un squelette – en plastique – à Clémence, par courrier express afin qu'il arrivât le jour de son anniversaire. Le paquet fut rangé avec les autres cadeaux et déballé le soir, au dîner. Clémence brandit joyeusement un crâne, des fémurs et des vertèbres, il y eut des rires vrais, sans arrière-plan de malaise :

– Voilà le cadeau rêvé pour une jeune fille de dix-sept ans !

Hélas ! il ne s'en tint pas là, il y avait aussi un écrin, avec deux diamants, pas très petits, montés en boucle d'oreille. Clémence ouvrit, regarda sa mère, qui haussa les épaules, et dit : Merci beaucoup.

Ce fut ce soir-là qu'Adèle demanda de nouveau à Sarah qui était son père. Madeleine était encore dans la cuisine, achevant de remettre de l'ordre, et Sarah s'apprêtait à monter, lorsqu'Adèle la retint :

– Reste. Je voudrais que nous parlions.

– Et de quoi ?

– Tu le sais bien. De mon père. Je t'ai donné le temps, non ?

Madeleine proposa de les laisser seules.

– Mais non, dit Sarah. Tu connais l'histoire, et s'il y a des détails que tu ignores, il est temps que tu les apprennes.

Certes, Madeleine avait assisté à toute l'affaire, mais elle était curieuse de savoir comment Sarah en parlerait, ce qui la gêna un peu.

– Adèle, es-tu sûre que cela ne te dérange pas ?

– Je ne vois pas en quoi cela me dérangerait. Après tout, tu *es* ma tante, que tu le veuilles ou non !

Puis elle regarda sa mère :

– Pourquoi cela t'embête-t-il de dire qui c'est ?

– Au fond, c'est absurde. À l'époque, mes raisons me semblaient valables, mais elles n'ont plus de sens. Tu vas comprendre. J'avais quinze ans. J'étais follement amoureuse. Il en avait dix-sept, il passait les vacances chez sa tante.

– Quelqu'un d'ici ? demanda Adèle.

– Forcément. Nous ne partions jamais, nous n'en avions pas les moyens.

– Qui était cette tante ?

– Attends. Tu verras que cela n'a pas d'importance. Le fiancé de Charlotte avait été tué dans un accident d'avion, juste avant le mariage, cette histoire-là tu la connais par cœur. On a cru que Charlotte ne s'en remettrait pas. C'était terrible, et d'autant plus qu'elle était enceinte : un tel deuil au moment d'une grossesse ! Elle a d'abord cru qu'elle serait incapable de s'occuper de Clémence, mais peu à peu on a senti qu'elle se tournait vers le bébé qui allait arriver. Moi, je fuyais la maison, j'étais trop jeune pour supporter le chagrin de ma sœur, je m'en suis voulu après, mais aujourd'hui je le comprends. Clémence est née, Charlotte n'avait d'yeux que pour elle, je crois que j'avais le sentiment de la perdre et que j'étais un peu jalouse. Ce dont je ne suis pas fière. Parfois, je me suis demandé si j'étais tellement amoureuse… Je me suis rendu compte que j'étais enceinte avant la fin des vacances, je n'ai rien voulu dire au garçon.

– Pourquoi ?

Sarah parut surprise par la question de sa fille.

– Cela me semblait évident. Je n'ai pas réfléchi.

– Eh bien, fais-le maintenant, dit la petite qui n'entendait, apparemment, pas laisser quoi que ce fût dans l'ombre.

– C'est si loin…

– Maman !

Elle fronça les sourcils.

– Je crois que j'ai eu peur. Ce sont des gens riches, tu comprends, et tout le monde a toujours su que dans notre belle maison, nous vivions comme des miséreuses. Je les voyais me soupçonnant de vouloir me faire épouser par le jeune héritier. Cela m'offensait.

– Je comprends, dit Adèle, orgueilleuse comme sont les la Diguière.

– Il est reparti tranquille, nous nous reverrions l'année suivante. Charlotte s'est reprise juste à temps pour la rentrée, elle est retournée à l'université après une année d'absence. J'ai préféré avouer à Albertine avant qu'elle ne s'en aperçoive d'elle-même. Elle a été fabuleuse.

– Elle est toujours fabuleuse.

– Oui. Elle m'a demandé si je voulais te garder. Moi, je voyais Clémence, ce merveilleux bébé, s'il y avait vraiment eu de la jalousie, je l'avais oubliée, je n'ai pas supporté l'idée d'un avortement. Maman a proposé d'avertir ton père, mais elle n'y croyait pas plus que moi : un gamin de dix-sept ans, et dans ce genre de famille…

– Quel genre ?

– Bourgeoise. Sérieuse. Prête à assumer les responsabilités. La messe tous les dimanches et personne ne croit en Dieu. Sinistre. Je me suis vue mariée là-dedans, une maison avec des tapis d'Orient, des meubles partout, des fauteuils crapauds à petits volants comme chez la tante. J'étouffais rien qu'à y penser. Nous avons décidé de ne rien dire. Le temps que tu viennes au monde, Clémence marcherait, Albertine n'avait pas quarante ans, deux petits enfants ne lui faisaient pas peur.

– Rien ne lui fait peur. Même pas son mariage.

– Rien. Sauf l'argent. J'ai repris l'école et en janvier tout le monde a pu voir mon ventre. J'aime autant te dire que cela a fait du bruit ! Pour brouiller les pistes, j'avais eu une petite histoire avec Jérôme, qui voulait absolument être le père, et avec un autre garçon qui, depuis, a quitté la région. Ma réputation était saccagée ! Tu avais trois mois lorsque nous avons appris la nouvelle : ton père était à l'hôpital, avec une tumeur cérébrale qui l'a tué en six semaines. Je me serais retrouvée veuve comme Charlotte. Tu vois que les pères, chez nous, ça ne dure pas…

– Et sa famille n'a rien su ?

– Non.

– Ce qui fait que ces gens-là ignorent qu'ils ont une petite-fille ?

– Oui.

Adèle resta pensive.

– Ce n'est pas un peu injuste pour eux ?

– Peut-être. Si. Mais c'est trop tard. Je ne me vois pas allant leur présenter ma fille quatorze ans après.

– Tu n'y as pas pensé sur le moment ?

– Mon Dieu ! Les fauteuils crapauds !

Elles rirent. Madeleine, à l'époque, avait beaucoup entendu parler des fauteuils crapauds, représentants solennels d'un univers terrifiant.

– Mais tu les as donc vus ?

– Non. Ton père me les a décrits. Il adorait notre maison vide, il disait qu'on y respirait.

– C'est vrai. Et je n'ai pas envie que monsieur Fontanin la remplisse.

– Pas *monsieur* Fontanin, voyons ! Louis !

Ce qui les fit encore rire et, contre son gré, Madeleine rit avec elles.

– Est-ce que la mort de mon père – on voyait qu'elle disait ce mot avec plaisir – t'a fait de la peine ?

– Oui, bien sûr ! il était tellement jeune, c'était affreux, mais ce n'était pas le terrible chagrin de Charlotte. En décidant de ne rien dire, j'avais renoncé à lui. Je ne perdais pas l'amour de ma vie, juste un amour de vacances, et tu étais là.

– S'il avait vécu, et qu'il était revenu l'année suivante ?

– Je n'aurais rien dit.

Adèle resta un moment pensive. Puis :

– Je trouve que ce n'est pas bien. C'était *sa* fille.

– Tu as raison, dit Sarah sans hésiter. Je n'approuve pas la gamine que j'étais, et ma mère m'aurait blâmée. Je pense que j'aurais fini par le lui dire. Nous étions encore des enfants, j'avais peur de sa famille, et puis je crois que je craignais qu'il ne t'accueillît pas bien. On ne lance pas un bébé à la tête d'un garçon de dix-sept ans : je lui aurais parlé plus tard, sans doute après les études.

– J'aime mieux cela.

– Tu l'aurais vraiment fait ? demanda Madeleine.

– C'est ce que je pense aujourd'hui. S'il vivait, je le lui dirais.

– Et ses parents ?

– Sa mère est morte il y a deux ans. Son père vit toujours, il est revenu habiter M***.

– Je suppose que je le connais, dit Madeleine.

– Oui.

Il y eut un silence. Adèle regardait sa mère, pensive.

– C'est mon grand-père.

– Oui.

– Et tu ne veux pas qu'il le sache.

– Je ne veux pas.

– Pourquoi ?

Elle resta longtemps sans rien dire, puis hocha la tête, prit son air buté :

– Tu es une la Diguière. Nous n'avons rien à voir avec ces gens.

– Juste quelques gènes dans mes chromosomes.

– Juste quelques gènes dans tes chromosomes.

– Et si je te demande *vraiment* qui c'est ?

Elle hésita.

– Je suppose que je te le dirai. Objectivement, tu y as droit.

– J'y ai droit. L'affaire est que je décide si tu as droit à ton secret.

À cet instant-là, elle a cessé d'être une enfant, me dit Madeleine. Je crois qu'il y a dans nos vies des moments clefs, où le choix que l'on fait est définitif. Oh ! vous pouvez me dire que si elle ne posait pas la question maintenant, il lui restait toute la vie, et *objectivement*, vous aurez raison, mais entre ces deux femmes il n'en était pas ainsi : elles s'engageaient.

– Je suis une la Diguière, dit Adèle, et elle se serra contre sa mère.

Elles restèrent longuement embrassées.

Je suis une la Diguière. Même à travers la voix de Madeleine, j'entendais vibrer l'orgueil du nom, qu'un homme comme moi, qui ignore tout de ses arrière-grands-parents et sait à peine qui étaient ses grands-parents peut comprendre – l'Histoire et la littérature sont là pour l'instruire – sans l'éprouver. Mais leur gloire n'était pas la naissance – elles n'avaient pas les quartiers de noblesse des Thunder-ten-tronck ni des Guermantes ! – c'était la maison et la lutte folle de quatre générations d'enragés. Madeleine avait dit : *Elles sont la Diguière.* C'était sans doute encore plus exact que *Je suis une la Diguière*.

Je pensai à un vieil homme qui avait perdu son fils, puis sa femme, qui était peut-être seul au monde, avec ses tapis d'Orient, ses fauteuils crapauds et son chagrin, ne sachant pas qu'il avait une petite-fille à quelques kilomètres de chez lui, et je me sentis troublé. Que sont les liens de sang, me dis-je, si on les ignore ? Ai-je quelque part un enfant qu'une femme a gardé pour elle ? Au fond, je n'ai jamais décidé de ne pas me marier : d'année en année, de liaison en liaison, l'idée ne s'est pas imposée et il est venu un temps où elle m'aurait paru absurde. Ces gens-là ont perdu un garçon de dix-sept ans, cela doit être affreux. Était-il légitime de ne pas leur dire que leur fils avait une fille ?

J'avais envie de poser la question à Madeleine, mais il suffisait de la regarder pour deviner sa réponse : pour elle, on ne discutait pas les droits des femmes la Diguière. Elle avait les yeux humides de larmes, et je sentis à quel point son attachement était fanatique.

Rien ne pouvait être mis en question. Je me souvins alors qu'elle avait parlé d'*un acte grandiose et terrible* : si blâmable que fût cette dissimulation, ce n'était pas cela, évidemment ! Ce sont des mots qui conviennent à un crime, qui n'était pas là.

Je me rendis compte que je savais où il était, mais pas comment il avait été perpétré. J'eus comme un vertige, où chavirèrent le respect des lois, le bon droit, la justice, et les Dix Commandements : il ne resta que ma curiosité, dévorante, comme toujours, et prête à tout pour être satisfaite.

J'avais envie de jeter un coup d'œil à ma montre, mais je ne le fis pas de crainte que Madeleine interrompît son récit. Nos verres étaient vides, elle se leva, alla chercher le gin, le jus de fruits, et je ne bougeai pas, il me semblait que le moindre geste risquait de la faire reculer devant l'énormité de ce qu'elle allait raconter. En même temps, je savais que c'était absurde et qu'elle irait jusqu'au bout. Peut-être était-ce moi qui avais peur de l'entendre ?

Elle se rassit, resta songeuse.

– On ne sait toujours pas qui c'est, dit-elle. Oh ! j'ai bien mon idée ! Les cheveux blonds comme ceux de sa mère, les yeux clairs, cela limite les possibilités, et l'épouse morte il y a deux ans... Albertine pense comme moi, mais nous en restons là. La petite aussi, qui n'est pas plus sotte qu'une autre et pourrait tirer les mêmes conclusions que nous, mais qui respecte la volonté de sa mère. Peut-être, quand elle va à M*** le jour du marché, regarde-t-elle quelqu'un d'un œil plus attentif ? Le secret se perdra. Il ira rejoindre l'infinie quantité de mystères que l'humanité transporte à travers les générations. Avez-vous déjà pensé à cela, Jean ? Le savoir humain est immense, et comporte un royaume obscur où nul ne doit pénétrer, c'est le repaire des meurtres, des adultères, des incestes, des vols, des escroqueries, que sais-je ? qui, il y a dix ans, cent ans, trois siècles, auraient pu déshonorer ou faire condamner à mort, et n'ont, désormais, plus la moindre importance. Ils sont tous morts : ceux qui se sont sacrifiés pour ne rien révéler, ceux que cela aurait tués, ceux qui ont souffert de leur ignorance sans le comprendre, et la masse informe des secrets palpite toujours, animée d'une vie inutile, anachronique, stupide.

Elle but longuement et reprit son récit.

Une bonne partie des travaux fut terminée fin août et le moment vint où les filles et Madeleine retirèrent leurs affaires de la vieille salle de bains pour les porter dans la nouvelle, qui était tout à fait luxueuse : deux lavabos côte à côte, un troisième contre le mur d'en face, une immense baignoire, une cabine de douche et plusieurs armoires pour les diverses choses à ranger. Albertine les regarda faire, vaguement troublée. Sarah le sentit, qui lui dit, d'un ton léger :

– C'est toute une époque qui finit, maman, mais ça va bien.

– C'est une époque qui commence, ajouta Madeleine.

– Tu es une femme mariée, désormais, dit Adèle. C'est un peu bizarre, mais on s'y fera.

Et, après un instant de réflexion :

– Je crois qu'on se fait plus facilement au luxe qu'à la pénurie.

Charlotte lui ébouriffa les cheveux :

– Voilà le produit d'une profonde réflexion.

– C'est un cas où il faut bien que la réflexion remplace l'expérience !

Clémence était devant la petite armoire à pharmacie, triant les divers contenants de médicaments :

– Je vais partager l'aspirine, moitié ici, moitié en haut, mais pour le *spray* contre le mal de gorge et la pommade pour les brûlures, je ne peux rien faire.

Elle examinait les dates de péremption :

– Oh là là ! regardez ceci, c'est périmé depuis 1989 ! On ne peut pas dire que nous soyons exagérément attentives.

– Ni souvent malades ! compléta Charlotte.

Clémence passa à une autre étagère.

– Tiens ! Léponex. Qu'est-ce que c'est que ça ?

– Je ne sais pas, dit Albertine après un bref coup d'œil. C'est l'étagère de Louis.

Clémence regarda attentivement le flacon qu'elle tenait puis le remit en place.

Cette petite scène serait passée inaperçue dans l'agitation générale, parmi les transports de serviettes de bain, l'attribution des rayonnages et les réflexions d'Adèle disant que, Peuh ! il n'y a que trois lavabos pour cinq ! Il ne serait pas un peu radin ? si, toujours songeuse, Clémence n'avait insisté auprès de Sarah :

– Léponex. Léponex. Tu connais ?

– Non. Ce n'est pas vétérinaire.

– Cela me dit quelque chose. Je dois avoir lu un article où on en parle.

Clémence est une fille tenace. Et prévoyante. Tout le monde admirait qu'elle commençât à étudier l'anatomie un an avant d'entrer en Faculté. Elle lisait et annotait les articles médicaux qu'elle pouvait trouver et se faisait prêter les revues par Férier, le médecin de M***, brave homme qu'un intérêt si vif charmait. Elle parcourut sa petite collection, ne trouva rien, mais, maintenant qu'elle avait vu le flacon elle s'aperçut que, en effet, Fontanin avalait un comprimé avec le repas du soir. Ce fut Adèle qui, conforme à son personnage, se chargea de l'indiscrétion :

– Tiens ! Vous prenez un médicament. Vous êtes malade ?

Il eut l'air ennuyé :

– Moi ? pas du tout. C'est préventif.

– Et ça prévient quoi ?

– Vous êtes vraiment une jeune personne très curieuse, n'est-ce pas ?

– Certes. Dans la famille, nous considérons la curiosité comme une qualité majeure.

Il rit :

– Et sa frustration comme un redoutable désagrément ?

Mais il ne répondit pas, ce qui frappa les petites puisque, en général, il était tellement accommodant. D'après Madeleine, Albertine ne remarqua pas ce bref échange car elle discutait l'achat d'une nouvelle tondeuse à gazon avec Vautrin, réputé expert en ces matières. Plus tard dans la soirée, elles reparlèrent du médicament à Sarah et Charlotte.

– Mais enfin ! pourquoi vous agitez-vous autour de cela ?

– Je ne sais pas, dit Clémence. Sonnette d'alarme. Ça m'intrigue. En tant que vétérinaire, tu as accès aux fichiers médicaux d'Internet, je crois ?

Sarah protesta qu'elle était fatiguée, leva les bras au ciel, mais céda, comme il était d'usage devant les curiosités des filles. Il n'y avait de prise téléphonique que dans la cuisine, elle alla donc chercher son ordinateur et le brancha. On attendit les informations avec impatience, la première qui vint fut qu'il s'agissait d'un neuroleptique.

– Qu'est-ce que cela veut dire ? demanda Charlotte.

– Un antipsychotique, répondit tout de suite Clémence.

– Il semble même qu'il soit spécifique de la schizophrénie, compléta bientôt Sarah.

Adèle haussa les épaules :

– Il est envahissant, mais je ne crois pas qu'on gère des millions en étant fou.

– Certainement pas. On ne les amasse pas davantage.

Sarah continuait :

– Ah ! Ceci correspond mieux. Le Léponex traite aussi les troubles du métabolisme de la dopamine, liés à l'âge.

Adèle gémit :

– Et en français moyen, cela se dit comment ?

– Les neuro-transmetteurs. La conduction nerveuse. On peut voir des mouvements anormaux, des torticolis spasmodiques, qui sont très désagréables. C'est une affaire de neurologue. C'est ce qui a dû se passer. Le Léponex n'est pas vraiment préventif, il rétablit l'équilibre, mais il doit être pris très régulièrement.

Sarah ne quittait pas l'écran des yeux :

– Il faut aussi surveiller la formule sanguine, il y a un risque d'anémie aplastique. En français moyen : mauvaise défense contre les infections. Il faut une prise de sang tous les quinze jours pour contrôler le dosage dans le sang.

– Donc c'est un médicament dangereux, dit Clémence.

– Pas si les contrôles sont attentifs.

– Il ne faudrait pas augmenter les doses.

– Je cherche les contre-indications. Il ne peut pas être pris en même temps que la tri-thérapie du sida, qui comporte du…

Là, Madeleine s'arrêta net.

– Je ne sais plus, dit-elle. Ce sont des termes qui ne me sont pas familiers, j'en ai oublié une partie.

Je ne la crus pas un instant. Les neuroleptiques, le métabolisme de la dopamine qu'elle avait nommée aussi naturellement qu'elle eût parlé de poireaux ou de carottes, et les torticolis spasmodiques me convainquaient que tout cela s'était inscrit d'un seul coup dans sa mémoire. Il me parut impossible d'insister, elle en disait déjà beaucoup. Mais, plus tard, j'ai interrogé un ami médecin, étonné par ma curiosité et qui m'a, le plus tranquillement du monde, expliqué qu'il s'agit d'un certain enzyme qui métabolise beaucoup de médicaments. Si on le bloque, le taux de Léponex augmente jusqu'à la toxicité, et on a, en effet, cette aplasie médullaire dont, étrangement, j'ai retenu le nom.

– On observe de la fatigue, et le patient est exposé à une septicémie fatale. C'est vraiment un souci d'architecte, m'a-t-il dit, en riant de me voir prendre note.

J'ai prétendu qu'une de mes amies m'avait demandé ce renseignement :

– Elle n'a pas de médecin dans ses relations.

– Ni de parent traité au Léponex, dont elle souhaite hériter, j'espère. Ce serait une excellente recette pour crime parfait.

Elles restèrent toutes les quatre silencieuses pendant que Sarah procédait aux manœuvres de fermeture.

– Je n'y ai pas cru, dit Madeleine à mi-voix.

Lorsque les derniers ouvriers eurent quitté la Diguière, on pensa que le calme reviendrait. Le toit était prêt pour l'hiver, les couloirs brillaient de peinture fraîche, le jardin et le petit bois respiraient l'ordre, Albertine radieuse semblait très contente de son mariage – mais Fontanin ne s'arrêta pas. De temps à autre, il partait pour la journée avec Jouannet, on supposait que c'était pour ses affaires, en se disant que, pour un homme à la retraite, il avait apparemment beaucoup d'affaires. Il proposait plus souvent à Albertine de l'accompagner qu'elle ne pouvait le faire, car elle poursuivait son travail de correcteur – qu'il ne discuta jamais.

– Mais il se force, disait Adèle. Il meurt d'envie qu'elle laisse tomber.

On l'accusait, faiblement, de parti pris.

Il commit une infraction grave. Albertine lui avait dit qu'il ne fallait même pas savoir qu'Adèle était devant sa vieille Underwood. Soit il l'avait oublié, soit il ne put pas se retenir : un matin, traversant le grand salon, il alla vers la jeune fille et lui parla. Oh ! il ne poussa pas l'indiscrétion jusqu'à lui demander ce qu'elle écrivait, mais il lui dit qu'il faisait grand soleil. Adèle, stupéfaite, ne répondit que par un grognement. Il poursuivit sur la beauté de la lumière du matin, qui mettait en valeur les proportions de la galerie.

– Une si belle pièce ! Dommage qu'on ne l'utilise pas.

Elle retrouva le souffle pour dire qu'elle l'utilisait. Il eut un petit rire indulgent et poursuivit son chemin.

– Indulgent, je vous jure ! clama Adèle indignée en relatant l'intrusion.

Albertine n'était pas là. Madeleine, mal à l'aise, demanda à la petite de ne pas en parler devant sa grand-mère. Elle promit à contre-cœur, on comprit bientôt que cette apparente maladresse avait été voulue.

Fontanin emmena madame la Diguière chez son antiquaire et lui montra le bahut qu'il avait acheté. Elle reconnut volontiers qu'il était superbe.

– Mais que comptez-vous en faire ?

– Ne pensez-vous pas qu'il serait parfait entre les deux portes-fenêtres du grand salon ?

– C'est impossible, Louis ! Adèle serait très fâchée.

Elle pensait qu'Adèle serait folle de rage.

La machine s'emballa. Dans le même temps, il reprit la campagne Poggenpohl et on le vit parcourir la cour avec Antoine, en examinant le pavé.

– Ne nous dis pas que…

Antoine hocha la tête :

– Si. Il paraît que c'était le rêve de votre père, et qu'il était désolé de savoir qu'il n'en aurait jamais les moyens.

– Je me fous des rêves de mon père, bougonna Sarah.

– C'est ce que je lui ai dit, en plus délicat, mais il n'y croit pas. Toute fille désire réaliser les rêves de son père.

– Il est fou ?

– Techniquement, non, dit Clémence. Juste cinglé.

Et il découpa, avec beaucoup de précision, cinquante centimètres carrés du papier Liberty.

Il était animé d'une sorte de fièvre. Les projets jaillissaient irrésistiblement, il étourdissait Albertine qui cherchait à le calmer :

– Louis, tout cela n'est pas nécessaire. Grâce à vous, la Diguière va bien, elle est en ordre, vous avez déjà fait plus que l'indispensable, même si vous avez envie d'aller plus loin, prenons notre temps.

Elle disait *prenons*, en pensant *prenez*, pour ne pas donner le sentiment qu'elle se désolidarisait de lui, mais il tenait furieusement à l'hypothèse de la discrétion :

– Oh ! ma très chère amie, je sais bien que vous en avez autant envie que moi ! J'ai compris que je ne vous convaincrais pas d'employer l'argent librement : dans ce domaine, il semble que ma première femme m'ait gâté l'entendement. C'était bien pratique, je ne devais m'occuper de rien, mais voilà que je découvre à quel point il est amusant de s'occuper de tout.

Bien sûr, s'il s'amusait…

Et un matin, on vit un camion s'arrêter devant le portail et deux déménageurs munis de papiers entrèrent et demandèrent monsieur Louis Fontanin. Qui se précipita au-devant d'eux.

– C'est moi. C'est bien. Vous êtes juste à l'heure !

– Vous avez dit qu'on ne pouvait pas entrer dans la cour.

– Oui. Le pavement est fragile. Mais vous avez ce qu'il faut, je crois ?

Sous les yeux écarquillés des filles, ils sortirent un objet énorme et le déposèrent, tout emballé de couvertures, sur un engin à roulettes qu'ils dirigèrent, guidés par Fontanin, vers le grand salon. Là, il fut dégagé, le bahut apparut et fut placé entre les deux portes-fenêtres : les dimensions étaient parfaites, il allait, exactement, d'un chambranle à l'autre.

– Cela a l'air d'être un hasard, mais il faut savoir qu'il est contemporain de la maison, et que, même si les choses n'étaient pas normalisées, il y avait des usages, des habitudes, expliqua Fontanin à son auditoire stupéfait.

– Louis, nous n'avions rien décidé, dit Albertine.

– Je sais, ma chère amie, je vous brusque un peu, mais j'y suis obligé. L'antiquaire ne pouvait plus le garder, faute de place, il a un nouvel arrivage. À la rigueur, je vous demande seulement de l'entreposer. En attendant.

Si décidée qu'elle fût à ne pas s'opposer publiquement à son mari, madame la Diguière ne put s'empêcher de demander ce qu'on attendrait. Ce que Fontanin parut ne pas entendre. Il distribua quelques billets aux ouvriers, puis les raccompagna jusqu'au camion.

Les filles s'approchèrent de l'objet, prudemment, comme elles eussent fait d'une bête féroce et qui peut mordre. La première à retrouver la parole fut Charlotte :

– Maman, ce n’est pas vrai ! Il n’a pas fait ça !

Albertine, très mal à l’aise, dit que c’était provisoire.

– Tu parles ! grogna Sarah entre ses dents.

La pauvre Albertine prise entre deux feux ne trouva d’autre réplique que de prier sa fille de rester polie, puis, débordée, elle alla dans sa chambre.

La stupeur n’étant pas éteinte, il y eut d’abord un petit silence, vite rompu par Adèle :

– Quand je disais qu’il en installe !

– Je suppose que le reste va suivre, dit Clémence.

– Quelques tables.

– Des guéridons.

– Une desserte Louis XV.

– Avec sa garniture de bougeoirs.

– Une horloge comtoise.

Adèle explosa :

– Des fauteuils crapauds ! Des dizaines de fauteuils crapauds.

Et sombra dans le fou rire avec Sarah.

– Qu’est-ce qui vous amuse tellement ? demanda Fontanin quand il revint.

Il n’attendit pas la réponse et se livra à quelques va-et-vient autour du bahut :

– Il faut bien dire qu’il est impeccable. Il a été entièrement restauré, par un véritable artiste. Mais il est si net, si pur : on voit à quel point les murs ont besoin d’une remise à neuf. Albertine considère que le papier Liberty a été une erreur, il ne convient pas vraiment au style de la pièce, mais si vous y tenez, vous savez que je peux faire réimprimer le même. Ou repeindre dans les tons d’origine. Ce sera à vous d’en décider.

Pendant ce discours, Adèle alla prendre sa lourde machine à écrire et quitta la pièce en vacillant exagérément. Clémence vola à son secours, aussitôt suivie par Sarah et Charlotte. Madeleine resta un instant seule avec Fontanin, puis s'excusa, elle avait un repas à préparer et rejoignit les filles.

On suppose qu'il resta en extase devant son œuvre.

Dans la cuisine, c'était l'orage.

Tu es sûre qu'il n'est pas fou ? demandait Adèle à sa mère, qui, pour autant qu'elle se souvînt de son cours de psychiatrie, lequel, ses auditrices le concevraient, n'était pas très approfondi puisqu'on le destinait à des vétérinaires, pensait qu'il était peut-être un peu hypomane. Charlotte ne connaissait pas le sens de ce mot, mais voyait bien qu'il n'écoutait que lui-même. Il est sourd, dit Clémence, soutenue par sa cousine qui ajouta qu'elle sentait comme un parfum de plaque de vitrocéramique au milieu d'un ameublement Poggenpohl. Elles tombèrent d'accord sur le fait que cette maison allait devenir inhabitable, Madeleine tenta en vain de leur montrer qu'elles déliraient.

– On avait dit riche et vieux, pour qu'il ne dure pas trop longtemps, dit Adèle. Au train où il va, dans un mois, il nous vire.

L'excès d'une telle allégation les fit rire.

Mais le lendemain, Charlotte apporta une nouvelle qui ne fit pas rire.

Elle venait d'arriver au travail, et discutait avec un collègue, quand elle vit le directeur passer avec Fontanin et le faire entrer dans son bureau. Elle resta figée.

– Qu'est-ce que Fontanin fait avec Durieux ?

– Fontanin ? Je ne sais pas qui c'est.

Ce collègue-là n'était pas venu au mariage.

– As-tu entendu parler de quelque chose ?

Non, mais tout le monde savait que Durieux voulait agrandir et cherchait des capitaux. Charlotte prétexta un rendez-vous extérieur et s'éclipsa dès qu'elle put.

– Il cherche des capitaux et il a eu une conversation de plus d'une heure avec Fontanin, dit-elle à Madeleine. Deux et deux font quatre.

Madeleine répondit que, en effet, deux et deux font quatre est un axiome indiscutable.

– Mais ne file pas trop loin.

– Madeleine, ne sois pas naïve. Que pourrait-il faire chez Durieux, en n'étant ni actionnaire, ni client ? J'ai vérifié : il n'a rien à voir avec la firme. Mais j'y travaille. Ça l'inspire. Il veut la mainmise sur la Diguière. Sais-tu qu'il a demandé à Sarah si elle n'avait pas envie d'agrandir la consultation ?

La mainmise ? Le mot frappa Madeleine. Jusqu'à présent, elle n'avait vu qu'une joyeuse escalade dans la dépense chez un homme qui, il le répétait, n'avait jamais su que faire de son argent – et qui manquait de discrétion. Il inventait autre chose tous les jours. Elle ne dit pas à Charlotte que, le matin précédent, il avait exploré les écuries avec un entrepreneur étranger – pas Antoine, et pourquoi pas Antoine ? – à qui il avait ensuite montré le logis inutilisé qui se trouvait à côté du cabinet vétérinaire. De plus, il avait pris les mesures de la cuisine, aidé par Jouannet qui avait l'air embêté. L'arrivée du bahut avait pris tout le monde au dépourvu : Madeleine se demanda si l'on n'allait pas voir débarquer les meubles Poggenpohl. Depuis que les premiers travaux étaient finis, il ne tenait plus en place. La cour, les écuries, le cabinet, le grand salon : il ne s'arrêterait pas. Il y avait encore les pièces inoccupées, et ensuite celles qui l'étaient et qui supporteraient fort bien quelques améliorations. Albertine lui avait dit en riant qu'elle avait dû résister à la haute couture :

– Tu me voyais ici en tailleur Armani ?

S'il allait au bout de ses fantaisies, le tailleur Armani ne serait plus en dissonance.

Elle se rendit compte qu'elle ne pouvait pas dire cela à Albertine, et, en même temps, qu'elles ne se parlaient plus beaucoup. L'intimité avait disparu.

– Vous vous souvenez des coups de téléphone, le soir, quand elle était à Vichy ? me dit-elle, nous riions, nous plaisantions, nous discutions les prétendants. Albertine est revenue avec un époux, et tout a changé. Un homme entrait dans la famille, créant d'autres lois auxquelles on avait obéi sans qu'elles eussent été formulées. Même si on continuait à la nommer madame la Diguière, elle était madame Fontanin et nous trouvions naturel qu'elle respectât les façons de son mari. Une distance s'était installée, infranchissable car jamais déclarée, à laquelle Albertine se soumettait comme les autres. Nous étions entrées, sans le voir, dans le domaine de l'implicite, des règles non dites et des silences obligatoires.

Il est probable qu'Albertine tenta de freiner Fontanin, il eût fallu une fermeté qu'elle ne crut pas pouvoir déployer. Mais, en vérité, que savait-elle du mariage et du couple ? Octave, le premier époux, était son cousin, ils avaient grandi dans une parfaite unité d'esprit, ils pensaient pareillement, Albertine ne s'était pas encore trouvée devant un étranger. Elle fut comme paralysée, et même si elle sentit le danger et que Fontanin s'emballait, elle ne sut pas l'arrêter.

Le soir, il mit le feu aux poudres.

Il arriva à l'heure pour le dîner. Jamais il n'était en retard et toujours il apportait quelque petit présent, un bouquet de fleurs, un paquet de chocolats, une bouteille de bon vin de table. Ce jour-là, ce fut une caisse de fruits exotiques, grande nouveauté pour la Diguière où l'on s'était passé des kiwis et des mangues qui coûtent plus cher que les oranges et les pommes. Adèle avait poussé des clameurs d'enthousiasme devant le caviar, elle resta discrète, elle avait le bahut sur le cœur. Fontanin était très joyeux, il embrassa Albertine, salua chacune des filles, ainsi qu'Antoine et Jérôme qui étaient déjà là, demanda s'il pouvait faire quelque chose et s'attabla sans attendre la réponse pendant que Jouannet aidait Madeleine à poser la casserole de soupe sur la table.

– J'ai une grande nouvelle à vous annoncer, dit-il.

Charlotte échangea un regard avec Madeleine.

– Vous savez à quel point je me suis épris de cette région. Notre mariage, chère Albertine, m'a fait retrouver le bonheur, en me donnant une épouse, une famille et une maison, plus merveilleuses les unes que les autres. J'ai décidé de matérialiser cela en me créant des attaches professionnelles et j'ai investi dans la firme d'Edmond Durieux, qui va créer un nouveau département dont vous serez, ma chère Charlotte, je tenais à vous l'annoncer moi-même, la directrice.

Ce fut la stupeur, sauf pour Charlotte et Madeleine, bien entendu.

– Vous avez racheté Durieux ? demanda Albertine.

– Non. Pas du tout. Disons que je me suis associé à lui.

Adèle fronça les sourcils :

– Alors, vous serez le patron de Charlotte ?

– Aucunement ! Elle régnera sur son département.

– Mais si elle ne réussit pas bien, vous pourrez la mettre à la porte ?

– Il est impensable que Charlotte ne réussisse pas bien.

Adèle ne trouva plus de questions à poser. Chacun se servit de potage dans un silence que Fontanin ne parut pas remarquer. Il avait toujours l'air aussi réjoui et fit compliment à Madeleine sur l'excellence de sa cuisine. Jamais elle ne ratait un plat, et il appréciait tout particulièrement ceux qu'elle inventait, comme les pâtes aux courgettes de la veille. Elle devrait les noter et publier un livre de recettes. Oh ! bien sûr ! il savait que le marché est inondé de ce genre de choses… etc., etc., on ne l'écoutait ni ne lui répondait, ce qui ne semblait pas le déranger. Peut-être même, si cela se trouve, appréciait-il ce qu'il prenait pour une attention soutenue, et de n'être pas interrompu, comme d'habitude, par toutes sortes de commentaires et de plaisanteries ?

Le repas fini, personne ne traîna à table. Il y avait des rendez-vous, une lettre à finir, la consultation à mettre en ordre, des devoirs de classe à terminer, Albertine regarda cette désertion d'un air troublé pendant que Madeleine achevait de ranger. Fontanin parlait toujours. Elle se décida :

– Louis, êtes-vous sûr que votre participation à la firme de Durieux soit une bonne chose ?

Question absurde, évidemment, et mauvaise entrée en matière, pensa Madeleine, et qui montrait le malaise d'Albertine coincée entre ses filles et son mari.

– Mais bien entendu ! Je ne l'aurais pas fait.

– Le fait que Charlotte y travaille…

Elle n'acheva pas la phrase.

– Je pourrai soutenir sa carrière, ce qui est tout à fait positif.

– Elle est très indépendante. L'idée qu'une personne de la famille…

Mais était-il vraiment une personne de la famille ?

– Albertine, soyons raisonnables. Elle est arrivée sans moi à une position importante. Tout ce qui peut se passer est que son importance soit confirmée. Durieux est un excellent investissement. Mais… oh ! j'y pense : j'espère que vous ne craignez pas que j'aie fait un mauvais choix ? J'ai souvent investi dans l'informatique, c'est un domaine que je connais bien, vous pouvez me faire confiance.

Comment aller plus loin sans être claire et lui dire qu'il avait mis les pieds où il ne fallait pas ?

– Ne vous inquiétez pas. Votre souci me touche, mais, vraiment ! il est sans fondement.

Si Albertine essaya encore l'une ou l'autre manœuvre de dissuasion, elles furent si discrètes et inutiles que Madeleine ne s'en souvint pas. Madame la Diguière déplaça ses efforts :

– Vous savez que vous avez choqué les filles avec le bahut.

– Oui, et j'en suis navré. Ceci dit, je ne comprends pas pourquoi elles tiennent tellement à ce que le grand salon reste vide.

– Honnêtement, moi non plus, mais quelle importance ? dit-elle avec un petit rire qui tentait d'être amical. Elles l'ont toujours connu ainsi, cela fait partie de leur histoire, la question ne s'est jamais posée de le remeubler.

– Mais Charlotte doit en avoir quelque souvenir ?

– Il ne semble pas. Ou bien, c'est un souvenir qui lui déplaît. Moi-même, je ne l'aimais pas beaucoup, il était surchargé de fauteuils, de tableaux, de guéridons.

– Oh ! j'ai horreur de la surcharge. Vous avez vu ma maison.

– Elle est parfaite, soupira Albertine découragée.

– Elle a mené cette conversation devant moi pour me montrer qu'elle faisait ce qu'elle pouvait, cela est sûr, me dit Madeleine, tout ce qu'elle a obtenu est de me prouver qu'elle ne pouvait rien.

D'habitude, les Fontanin étaient les premiers à quitter la cuisine, cette fois-ci ils restèrent. Peut-être Albertine essaya-t-elle encore : Madeleine ne voulut pas la voir échouer. Elle monta. La porte de la nouvelle salle de bains était ouverte, les filles bouillonnantes de fureur y tenaient conciliabule. Madeleine hésita un instant à les rejoindre, mais dès qu'elles la virent, elles l'appelèrent.

– Qu'ont-ils dit ?

Presque rien, pensait Madeleine en relatant ce qu'elle venait d'entendre comme on fait un rapport. Qui fut minutieusement analysé. Elles trouvèrent aussi que l'entrée en matière était mauvaise et provoquait forcément la réponse de Fontanin : s'il n'avait pas estimé que c'était une bonne décision, il ne l'aurait pas prise. Albertine se déforçait d'emblée et lui tendait les armes pour se défendre. Un homme comme lui, fait aux affaires, n'allait pas manquer cela. Il avait certainement déjà pensé à la contestation suivante, il était prêt à la balayer d'une chiquenaude. Elles voulurent être impartiales et admirèrent son art de la négociation : il avait retourné la situation avec une habileté remarquable en feignant de croire qu'Albertine se souciait de lui. Cependant elles se demandèrent si c'était bien une feinte : cet homme-là, retors dans l'argent, était peut-être naïf dans les sentiments. Se croyait-il réellement aimé ? Ce qui amenait la question capitale : Albertine aimait-elle ? Là, il y eut un vrai torrent d'avis contraires, on pensait qu'elle tenait beaucoup à ce mari que cependant elle n'aimait pas d'un véritable amour, mais comment définit-on cela ? et que pouvait-on savoir de ses sentiments réels ? ce qui fit un grand désordre auquel Clémence mit fin en disant qu'il fallait reporter cette discussion-là à plus tard, quand on aurait achevé d'examiner la situation actuelle. Elle emporta l'assentiment général et on passa au bahut. Il avait admis ses torts avec une promptitude suspecte, mais, de nouveau, très habile. Que dire après cela ? Albertine s'était trouvée dans l'obligation de le suivre : Pourquoi faut-il que le salon reste vide ? était un piège où elle était aussitôt tombée.

Dans le récit que me faisait Madeleine, il me parut remarquable que jamais les filles ne tentèrent de répondre à cette question. C'était un postulat. Les parallèles ne se rejoignent qu'à l'infini. Deux plus deux font quatre et le soleil tourne autour de la Terre. On admet la base, l'assise, on n'en parle pas, tant qu'aucun danger ne menace. Sauf que c'est la Terre qui tourne autour du soleil.

Ainsi, dans sa fragile tentative, Albertine avait été battue à plate couture. Mais aurait-elle pu ne pas l'être ? Il eût fallu qu'elle s'y prît tout autrement et s'opposât de façon beaucoup plus claire : où venait à sa place la discussion de ses sentiments. Aucune des filles ne croyait qu'elle aimait, cependant Clémence, Sarah et Charlotte pensaient qu'elle était très contente de refaire l'amour, ce que Madeleine savait exact. Adèle considérait, et le dit, que son ignorance actuelle – mais temporaire ! – ne lui permettait pas d'avoir une opinion à ce sujet. Donc madame la Diguière souhaitait préserver la relation qu'elle avait avec son mari. L'affection qu'on avait pour elle exigeait que l'on respectât ce vœu. Jusqu'où irait-on ?

C'est là que la calme Charlotte jeta la dernière goutte d'huile sur le feu :

– Il y a quelque chose que je ne vous ai pas dit.

On la regarda avec étonnement.

– Vous savez combien il a été généreux avec le contrat de mariage. Et qu'il a institué maman sa légataire universelle.

Oui, bien sûr ! et alors ?

– Je me suis informée auprès d'Alain Berenboom, cet ami de maman qui est juriste. Tout cela est parfait, mais il y a une disposition légale incontournable. Quels que soient les testaments, les contrats, l'usufruit des biens va toujours au conjoint survivant.

Si peu informées qu'elles fussent du vocabulaire juridique, elles connaissaient le sens du mot usufruit.

– Si Albertine mourait la première, la Diguière nous appartiendrait bien en nue-propriété mais, sauf vendre, il pourrait en faire ce qu'il voudrait.

Ce fut la foudre.

– Ce qu'il voudrait ?

Charlotte hocha la tête. La stupéfaction provoqua d'abord un petit silence, qui fut rompu par Clémence :

– Madeleine, tu te souviens ? Il avait compté les douze chambres et parlé d'une auberge.

– Oui, renchérit Adèle, tout juste s'il n'avait pas insinué que les la Diguière n'avaient pas su se débrouiller.

– À l'époque, nous n'avons pas fait attention.

– Mais c'est un homme qui ne perd jamais une idée de vue.

– Et qui n'en manque pas !

Ce fut l'explosion. Dans ces esprits surchauffés, les hypothèses fusèrent :

– Un hôtel cinq étoiles.

– Une annexe de dix étages sur la Haute-Digue.

– Un centre de séminaires.

– Avec piscine et jacuzzi.

– N'oublie pas le golf.

– Une succursale chic du Club Med.

– Un hospice de luxe pour milliardaires gâteux.

– Il nous mettrait à la porte.

– Mais il nous louerait un appartement en ville.

– Deux : il n'est pas radin.

– Dans un quartier chic.

– Avec des cuisines refaites en Poggenpohl.

– Il ne les louerait pas : il nous les offrirait.

– Des voitures pour tout le monde.

– Un pourcentage sur les revenus de la Diguière.

Madeleine tenta de les calmer : Albertine était jeune, se portait bien, mais on lui jeta à la tête les accidents de voiture, Sais-tu combien cela fait de morts tous les ans ? les cancers insidieux, le foie ou le pancréas qui ne se déclarent qu'à six semaines de la mort, sans compter les embolies cérébrales et les infarctus qui ne s'annoncent pas du tout, les attentats terroristes, d'accord il n'y en avait pas dans la région mais avant le 11 septembre il n'y en avait pas davantage à New York, les tremblements de terre, Tchernobyl, les barrages qui sautent et les inondations dévastatrices. Le terme mainmise revint formidablement renforcé, voleta de bouche en bouche, contrôle, prise de pouvoir, omnipotence et dictature suivirent, on vit gronder la révolte et les soldats de la résistance chercher des armes, le maquis s'organisa, il fallait monter des radios clandestines et parachuter des combattants, les filles se laissèrent saouler par la colère, les mots claquèrent :

– Il s'empare de la maison.

– Et de la boîte où je travaille.

– Grand-mère ne lui suffit pas.

– Je ne comprends pas cet homme. Il veut tout.

– Il donne, il donne, pour posséder.

– Il inonde de cadeaux pour qu'on lui appartienne.

– Il ne s'arrêtera pas. Il remeublera le salon.

– Il modernisera ta consultation.

– Nous verrons arriver la plaque de vitrocéramique.

– L'ordinateur pour Adèle.

– Le plus performant, celui qui coûte trois mille euros.

– Des abonnements à toutes les revues scientifiques pour Clémence.

– Mon squelette en plastique n'est pas d'une précision parfaite.

– Un vrai squelette en os humains !

– Je pourrais même lui demander de l'argent pour financer une nouvelle firme avec Charles.

– Tu t'installerais dans les anciennes écuries.

– Tu devrais lui dire que tu as besoin d'un assistant.

– Deux. Cela augmentera admirablement mon standing.

– Nous deviendrons ses réussites.

– Des fleurons pour sa couronne.

– Ses plus beaux ornements.

– D'excellents investissements.

– Il est évident que rien ne l'arrêtera.

– Nous pourrions lui dire qu'il nous les casse.

– Il répondrait que pas du tout, qu'il n'a que notre bien en tête.

– Et cela mettrait maman dans une position impossible.

– Si elle est encore en vie.

– Elle est déjà mal à l'aise.

– Elle se sent coincée entre lui et nous.

– Juste ce qu'il faut pour des dérèglements psychosomatiques.

Madeleine pensait à Albertine allongée soucieuse aux côtés de Fontanin animé par ses projets. Elle tenta en vain de les arrêter, chaque fois qu'elle arrivait à se faire entendre, le mot mainmise revenait. La loyauté envers Albertine exigeait que l'on respectât le contentement qu'elle tirait du mariage, mais quel que soit mon manque d'expérience pratique en ces matières, dit Adèle, je crois pouvoir vous rappeler que Vautrin attend son tour. Cette assertion parut si pertinente qu'elle provoqua un petit silence.

L'arrivée de Fontanin avait brisé l'intimité avec Albertine, et cela juste après qu'elle eut atteint son apogée lors des coups de téléphone entre Vichy et la Diguière. Cela avait semblé naturel, elles ne sentaient la privation que maintenant. Toujours, lorsqu'elles avaient eu à se plaindre de quelqu'un, elles s'étaient tournées vers leur mère et grand-mère qui était devenue la dernière personne à qui elles pussent parler de leur mécontentement. Lui en voulaient-elles ? Ce ne fut jamais clairement dit, mais on peut supposer une obscure rancœur dont elles souhaitaient ne rien savoir. Même entre elles, il y avait désormais des choses à ne pas dire, de sorte qu'elles n'arrivaient pas à se quitter. La conversation avançait, piétinait, reculait, se mordait la queue et repartait, cela dura jusqu'à trois heures du matin, où le verdict fut prononcé. Il ne comportait qu'un mot, qui devint tranchant comme une guillotine :

– Léponex.

Elles se séparèrent, vaincues par le sommeil, et dormirent mal.

– Léponex ? dis-je à Madeleine.

– Et le médicament contre-indiqué.

Après cette nuit-là, quelles que fussent les propositions de Fontanin, elles cessèrent de pousser les hauts cris. Il apparut que leurs protestations avaient dû le freiner, car il se déchaîna. Il ressortit les prospectus, les étala sur la table de la cuisine et demanda leurs avis à Madeleine et Albertine. Madame la Diguière jetait des regards perplexes vers ses filles, qui se taisaient. La plaque de vitro-céramique la plus grande et la plus perfectionnée fut commandée, mais quand le *cuisiniste* arriva avec son matériel et ses meubles d'encastrement il fallut tout suspendre : l'installation électrique datait du début du XXe siècle, il semblait que l'on n'y eût plus touché :

– Cette maison aurait dû flamber vingt fois !

On n'avait jamais eu le moindre court-circuit !

Les compteurs furent renouvelés, on posa de nouvelles lignes et, tant qu'on y était, les écuries et l'aile où se trouvait le cabinet de Sarah furent raccordées.

Sait-on ce qui se passe dans les âmes lors de ce qui nous apparaît comme terrible fracture et qui n'est peut-être que glissement, érosion lente, couche après couche le terrain miné s'effondre, on ne voit pas, sous l'herbe bien tondue, les monstres ronger le roc. Sarah reste rieuse, Clémence étudie, il est clair que Charlotte ne passe plus des heures à ses simulations désespérées et quand on passe près de la chambre d'Adèle, on entend claquer les touches de la vieille Underwood qu'elle n'a pas redescendue dans la galerie. Il y a peut-être des coupables sans remords, on nous le cache pour nous faire peur et nous tenir dans le droit chemin, la petite tache qui terrifie Lady Macbeth est un effet littéraire et Raskolnikov avait la tête mangée par la névrose. Le sentiment de son bon droit soutient le terroriste, il recommence, aucun démon ne lui montre l'enfer et ses feux, qui ne sont promis qu'à ses victimes. Comment se prend la décision ? Je n'imagine pas une lente progression, qui laisserait la place aux obstacles de la raison, mais une évidence indiscutable, la solution apparaît, le remède est sans conteste et son application immédiate. Tout est balayé. La tempête s'apaise d'un coup, le vent tombe, les buissons épineux qui encombraient la route s'effacent dans la lumière de l'aube, une brise légère répand des pétales de rose. Tout devient simple, il suffisait d'y penser.

Le médicament contre-indiqué fut acheté à L***, par Clémence, un dimanche matin, jour de marché. La foule se pressait dans la seule pharmacie ouverte, les aides couraient dans tous les sens, ils n'avaient pas le temps d'examiner les ordonnances et de se demander d'où venait qu'un vétérinaire prescrivît un des composants de la trithérapie antisida.

Sarah l'attendait dans la voiture.

– Pas de commentaires ?

– Pas de commentaires.

Elle avait choisi la présentation en sirop. Une cuillerée par-ci, une autre par-là, sait-on vraiment qu'on tue ? Le crime se dilue dans la crème au caramel et la crème au chocolat, le thé est moins bon que d'habitude, ah ! la deuxième tasse était parfaite ! et la sauce aigre-douce est plus douce qu'aigre. D'ailleurs le poison est un honnête médicament, pris selon la dose normale, et l'exécutant change tous les jours. Il y avait habituellement tant d'agitation, d'allées et venues autour de la table, que nul ne remarqua le geste meurtrier qui fut, chaque fois, fait avec discrétion. Madeleine ne rechigna pas lorsque son tour vint, il lui eût semblé que se désolidariser des filles eût été les dénoncer, ce qui lui était impossible.

Un contrôle régulier du dosage de Léponex aurait sauvé Fontanin. On sut par la suite qu'il avait toujours été négligent.

Madeleine se tut.

Je ne savais que dire. J'en conclus qu'il convenait de rester muet.

Le premier accès de fièvre eut lieu vers la mi-octobre. La grippe était précoce, cette année-là, et le médecin se contenta de prescrire un vaccin, à administrer quelques jours après que la température serait retombée. Fontanin ne garda pas longtemps le lit, il prenait trop de plaisir à regarder les ouvriers travailler dans la cuisine. On chargea les vieux meubles dans un camion et, pendant quelques jours, un traiteur apporta les repas. Albertine regardait avec stupeur ses filles ne faire aucun commentaire.

Mais au début de novembre, la crise fut beaucoup plus grave. La fièvre monta à 40° et s'y maintint malgré les antibiotiques. À la fin du deuxième jour, le médecin eut l'air soucieux, le lendemain le malade donnait des signes de déshydratation, le docteur Férier ordonna l'hospitalisation. Une ambulance emmena Fontanin à L***. Albertine se tenait à ses côtés, Jouannet suivait en voiture avec Madeleine silencieuse. Sarah était en tournée, Charlotte au bureau, les petites au lycée, sitôt Fontanin installé, Madeleine retourna à la Diguière pour les prévenir. Elles tinrent toutes à rejoindre Albertine.

Pendant cet aller-retour, l'état de Fontanin s'était aggravé, il avait été transporté dans l'unité de soins intensifs. Seule sa femme avait le droit de rester à ses côtés. On la prévint que les filles étaient là, elle les rejoignit dans le couloir :

– Il va très mal.

Les analyses montraient une septicémie. Pour l'instant, les médecins ne pensaient pas qu'il fût en danger. On lui administrait des antibiotiques à large spectre. Il fallait attendre.

Albertine était pâle, elle avait les larmes aux yeux. Les filles la serrèrent dans leurs bras.

– Je suis contente que vous soyez venues, mais vous ne pourrez pas le voir.

Elles n'étaient pas venues pour lui, mais pour leur mère, ce qu'elles s'abstinrent de dire. Albertine rejoignit son mari. Il était neuf heures du soir, personne n'avait dîné, la cafétéria de l'hôpital était fermée, Adèle et Charlotte allèrent acheter des sandwiches en ville. Elles mangèrent dans une espèce de petite salle d'attente, avec d'autres familles inquiètes. C'est là qu'elles apprirent que la grippe était particulièrement mauvaise pour les personnes âgées, cette année.

Vers onze heures, Albertine reparut :

– Il faut que vous rentriez. Rien ne change, il dort. Je vais passer la nuit ici, je vous tiendrai au courant.

Jouannet fit de nouveau l'aller-retour, il tenait à rester auprès de Fontanin. Il passa la nuit sur une chaise, somnolant de temps à autre. Au matin, le malade semblait un peu mieux, mais fut surpris de se trouver à l'hôpital, il ne se souvenait pas d'y avoir été conduit.

– J'étais donc si mal ?

– Vous aviez une terrible fièvre.

– Où avez-vous dormi ?

Albertine montra le fauteuil.

– J'ai mis les pieds sur une chaise.

– Il ne faut pas faire ça. Vous allez vous épuiser !

– J'ai besoin d'une douche.

Une infirmière lui montra la salle de bains qui servait aux patients et lui donna un affreux savon désinfectant.

À midi, la température avait remonté et dépassait 40°. Il y eut une alerte cardiaque, les soignants se précipitèrent. Lorsque Madeleine arriva, elle trouva Albertine seule dans le couloir, les yeux dilatés d'effroi. Cela dura trois jours, où chaque matin autorisait un peu d'espoir, détruit en début d'après-midi. Fontanin comprit qu'il allait mourir avant que les médecins n'en fussent certains.

– Je sens que mon corps me lâche, dit-il, et j'en suis désolé, car j'étais merveilleusement heureux avec vous.

Et plus tard :

– Notre différence d'âge faisait prévoir que je mourrais avant vous. Vous n'aurez aucun problème de succession.

Tous les jours, il s'enquérait des travaux, mais il n'avait pas toujours la force d'écouter les comptes rendus de Jouannet et il sombrait dans un léger sommeil. Il sentit ses forces diminuer et demanda à Albertine de se tenir de telle sorte qu'il pût ne plus la quitter des yeux :

– Vous êtes si belle. Je veux mourir en vous regardant.

Comme Albertine ne parvenait pas à retenir ses larmes :

– Je vous en prie, souriez-moi. Vous pleurerez après.

Devant tant d'amour elle se sentit très mal. Il montra une compréhension inattendue et lui dit qu'il savait très bien qu'elle l'avait pris pour son argent :

– Mais dites-vous toujours que le marché a été équitable : vous m'avez fait revivre le bonheur d'aimer. Et puisqu'il faut bien que l'on meure, je suis content de laisser derrière moi une femme et une famille rassurées sur leur avenir.

Il s'éteignit les yeux dans les yeux d'Albertine qui parvint à sourire jusqu'au bout.

Les funérailles eurent lieu à M***, au milieu d'une grande émotion. On était touché par le sort cruel qui s'abattait sur madame la Diguière, si heureusement remariée après un si long veuvage et à nouveau blessée par le destin : ce ramassis de lieux communs est la phrase exacte que prononça Madeleine, sans une once d'humour, parce qu'elle traduisait avec précision l'atmosphère de la cérémonie. Fontanin avait demandé l'incinération. La petite ville s'était tout juste dotée de l'appareillage nécessaire, une certaine curiosité accompagnait l'émotion et personne ne manqua un moment si particulier. Albertine se tenait très droite, elle avait les paupières rougies par les larmes et les veilles, les filles vêtues de deuil étaient prêtes à la soutenir.

Jouannet sanglota lorsque le cercueil disparut derrière la terrible petite porte noire.

Albertine avait un réel chagrin. Fontanin l'avait entourée d'un amour intense qui l'avait touchée – et réveillée :

– J'ai été mère comme on entre au couvent, dit-elle plus tard à Madeleine, je crois que j'avais oublié la moitié de moi-même. Il me l'a rendue.

Pendant plusieurs semaines, on n'entendit plus rire à la Diguière.

Madeleine se tut. Le récit était achevé. Il était trois heures du matin. Je me dis que, dehors, une aube bleue et froide se levait. Ici, il y avait de la lumière, il faisait chaud. Je frissonnai. Jamais je n'avais entendu une meurtrière me raconter son meurtre.

Il me paraissait aussi impossible de la croire que de douter. Ces femmes-là étaient donc des assassins ? Albertine, grave et digne dans son deuil, complice, et même inspiratrice de ses filles et de ses petites-filles ? La tête me tournait et je regardais Madeleine en me demandant si c'était elle le monstre – ou elles ?

Elle se leva, rassembla les verres et les assiettes sur un plateau :

– Demain, j'enverrai les jeunes filles ranger tout cela. Vous devez être fatigué.

Fatigué ? J'avais plutôt l'impression d'être assommé, il ne manquait que les trente-six chandelles des bandes dessinées. On se trouve rarement dans des situations totalement originales, pour lesquelles rien n'est prévu.

– Allons dormir, me dit-elle.

J'obtempérai.

Je plongeai dans un sommeil brutal dont je fus arraché par je ne sais quel mauvais rêve qui me laissa le cœur battant.

Il était près de huit heures. Je me rendis à la cuisine où je fus accueilli aussi chaleureusement que d'habitude.

D'habitude ! J'avais passé quatre jours dans cette maison, l'année d'avant !

Jérôme, Antoine et Vautrin étaient là, ils avaient la mine de gens qui viennent de se lever et de passer un tee-shirt et un pantalon pour aller déjeuner. Albertine portait une longue robe d'intérieur, très élégante, les petites étaient restées en pyjama. Je retrouvais le tumulte joyeux de mon précédent séjour. Sarah debout devant la cuisinière – non : la plaque de vitro-céramique ! – cassait des œufs au-dessus d'une grande poêle. C'était apparemment la deuxième tournée car Clémence circulait autour de la table en proposant les œufs déjà cuits aux convives. La vaisselle usuelle était toujours rangée au-dessus des éviers, je pris un bol, allai m'asseoir et me servis de café. Quelqu'un me tendit un beurrier. La conversation continua, vive et bruyante. Qui avait parlé de meurtre perpétré au sein de cette aimable compagnie ? Je regardai Madeleine paisible qui demandait à Antoine d'aller chercher d'autres croissants dans le congélateur.

– Tout le monde a un appétit d'ogre, ce matin !

Avais-je rêvé la conversation de la nuit ? Brusquement, j'eus le sentiment d'être dans un cauchemar, entouré de masques grimaçants, menacé, terrifié. Je ne suis pas homme à apprécier ce genre de fantaisie, je fus vexé, fis un effort sur moi-même, me secouai, répondis courtoisement à une question de Charlotte, mais j'étais dans deux mondes à la fois, celui de cette tablée rieuse, heureuse, et l'autre, le domaine des assassins qui frappent par-derrière et regardent mourir. Mon café me sembla trop sucré – sirupeux. Le concert léger des voix qui se hélaient tourna grincement lugubre, tout juste si je ne fus pas atteint d'un torticolis spasmodique.

Vautrin regardait Albertine remplir son bol de café. Quand elle eut fini, il lui prit la main, l'ouvrit, la posa sur sa joue. Elle lui sourit, on sentait que ce geste était habituel, c'était ce que l'on peut montrer en public d'une intimité installée. Je tournai les yeux vers Sarah merveilleusement belle, les cheveux noués au sommet de la tête, les bras nus, radieuse, qui regagnait la table avec sa poêle et faisait glisser deux œufs dans l'assiette de Jérôme, puis vers Charlotte et Antoine, épaule contre épaule, écoutant Clémence lancée dans une longue explication et enfin vers Adèle, qui avait ouvert un petit ordinateur devant elle et tapait d'une main en tenant son croissant dans l'autre.

– Gare aux miettes, lui dit Charlotte.

Elle marmonna quelques paroles indistinctes sans que son regard quittât le clavier.

Il faut que je parte, me dis-je.

Mais j'avais annoncé que j'étais libre tout le week-end. J'eus vite fait d'inventer un prétexte : une heure plus tard, mademoiselle Lambert me téléphonait pour me rappeler d'urgence en ville, où un accident de chantier s'était produit. Je fus désolé. Albertine fut désolée. Les filles se déclarèrent désolées, m'embrassèrent tendrement et me firent promettre de revenir. Madeleine ne se joignit pas à elles. Les hommes, qui étaient désolés, me donnèrent l'accolade.

⁂

C'est maintenant que je me rends compte que j'ai traversé la cour sans jeter un regard en arrière, sans admirer une dernière fois la maison et ses communs, sans visiter les caves qui doivent être remarquables, sans prendre de photos. Je fis la route d'une traite, beaucoup trop vite. Arrivé chez moi, je trouvai que l'ascenseur tardait à arriver et faillis monter à pied, ce qui est de la folie pour un homme de mon âge. Je me réfugiai dans mon appartement, un lieu clair, sans mystère, où tout peut être dit à haute voix. Pendant quelques minutes je me sentis désœuvré, incertain, puis me rappelai que je n'avais pas assez dormi et m'étendis sur le divan. À cinq heures, j'allais mieux et pus commencer à prendre des notes.

Je ne sais pas pourquoi il m'a été nécessaire, dès mon premier séjour à la Diguière, de tout retranscrire au maximum. Que me faisaient pressentir les conversations avec Vichy ? Voulais-je ne rien oublier ou avais-je l'étrange fantaisie que si je déposais ce que j'avais entendu sur le papier, je ne l'aurais plus dans l'esprit ? S'il en est ainsi, je me suis trompé. Je suis incapable de les oublier. Elles hantent mes rêves, légères, souriantes, un flacon de poison à la main. Elles me disent de revenir, je serai accueilli comme un ami de toujours, elles ne me cacheront rien. Je me réveille en sueur.

Que peut-on faire d'un secret, sinon le laisser nous rancir l'âme ? Ma curiosité a été satisfaite, au-delà de tout espoir. *Ne demande rien aux dieux, de crainte qu'ils ne t'exaucent* : je ne sais plus d'où vient cette phrase qui me tourne souvent dans la tête. Je me secoue pour la chasser, puis je me trouve ridicule, les idées importunes ne s'envolent pas comme des mouches effarouchées.

Louis Fontanin a été incinéré. Jamais le crime ne pourrait être prouvé, Madeleine n'a rien à craindre pour elle-même ni pour ses bien-aimées, mais je suis sûr qu'elle ne s'est pas souciée de cela quand elle a décidé de me parler. Je ne sais pas pourquoi elle l'a fait. Elle n'est pas naïve au point de croire que l'on allège ce genre de fardeau en le partageant : on le double. Peut-être a-t-elle simplement cédé à ce terrible besoin d'avouer qui appartient, paraît-il, à certains criminels avides d'absolution ou de châtiment. Je ne suis en position de dispenser ni l'un ni l'autre. Je suppose que, d'ici un moment, mes cauchemars disparaîtront.

Mais est-il vraiment possible que rien ne les trouble ? Peut-on avoir tué et vivre joyeuses comme je les ai vues ? Les remords sont-ils l'invention des justes envieux de ceux qui se livrent à leurs mauvais penchants ? Des questions me harcèlent auxquelles personne ne peut répondre. Je n'ai jamais eu à penser que mon bonheur dépendait d'un meurtre à commettre. Enfant ou adolescent j'ai, comme chacun, discuté des grands thèmes : il y a un bouton. Si tu appuies, quelqu'un dont tu ne sais rien meurt à l'autre bout du monde, et tu deviens riche. Appuies-tu ? J'aimais à choquer mes compagnons en disant que oui…

Car j'ai vu la Diguière telle qu'elle est devenue : elles ont accompli tout ce que Fontanin rêvait de faire, et peut-être davantage ! Pourquoi l'ont-elles écarté ? Écarté ? bel euphémisme ! je dois être contaminé : pourquoi le tuer et rester ensuite dans la ligne exacte de son projet ? Cette pensée-là fait immédiatement résonner les mots mainmise et prise de possession. C'était *leur* maison, il était intolérable qu'un étranger y touchât. Il y a ces histoires d'amants qui poignardent l'objet de leur passion plutôt que de le laisser aimer ailleurs : valait-il mieux mettre le feu à la Diguière que laisser Fontanin s'en éprouver le maître ?

Je ne comprends pas. Mais ai-je jamais compris quoi que ce soit aux passions ?

Et, comme je ne suis pas cohérent avec moi-même, quand je reviens de F***, je ne peux pas m'empêcher de faire le détour par la Diguière. De nombreuses voitures sont garées le long des murs, je passe au ralenti devant le portail ouvert, je vois la cour pavée et ses deux plaques de béton, quelqu'un traverse d'un pas paisible, j'entends des voix qui se hèlent, résonnant doucement dans le calme du matin, j'ai peur d'être vu, j'accélère.

Ces gracieuses criminelles vivent dans un parfait bonheur et une impunité scandaleuse. Voilà qui aurait bien plu à Barbey d'Aurevilly. Il faudrait peut-être que je me décide à lire cet autre *Bonheur dans le crime*, que j'ai acheté le soir où je suis tombé en panne tout près de la Diguière.

[illegible]

[illegible] 1991, Labor [illegible]

[illegible]

Du même auteur :

BRÈVE ARCADIE, roman, Julliard, 1959, prix Victor Rossel, Labor, 2001.

L'APPARITION DES ESPRITS, Julliard, 1960, Ancrage, 1999, Le Grand Miroir, 2003.

LES BONS SAUVAGES, Julliard, 1966, Labor, 1992.

LA MÉMOIRE TROUBLE, Gallimard, 1987, Ancrage, 2000.

LA FILLE DÉMANTELÉE, Stock, 1990, prix Point de Mire.

LA PLAGE D'OSTENDE, Stock, 1991, Le Livre de Poche, 2003.

LA LUCARNE, nouvelles, Stock, 1992, Labor, 2003.

LE BONHEUR DANS LE CRIME, Stock, 1993, Labor, 2000.

MOI QUI N'AI PAS CONNU LES HOMMES, Stock, 1995, Le Livre de Poche, 1997.

ORLANDA, Grasset, 1996, prix Médicis ex aequo, Le Livre de Poche, 1998.

L'ORAGE ROMPU, Grasset, 1998, Le Livre de Poche, 2000.

DIEU ET MOI, Mille et une nuits, 1999.

RÉCIT DE LA DERNIÈRE ANNÉE, Grasset, 2000, Le Livre de Poche, 2002.

LE VÉRITABLE AMOUR, Ancrage, 2000, Le Grand Miroir, 2003.

LA VIEILLE DAME ET MOI, Le Grand Miroir, 2001.

EN QUARANTAINE, Mille et une nuits, 2001.

LA DORMITION DES AMANTS, Grasset, 2002, Le Livre de Poche, 2004.

LE PLACARD À BALAIS, Le Grand Miroir, 2003.

LE PASSAGE DES ÉPHÉMÈRES, Grasset, 2003, Le Livre de Poche, 2006.

DU CÔTÉ D'OSTENDE, Grasset, 2006.

Composition réalisée par FACOMPO (Lisieux)

Achevé d'imprimer en septembre 2006 en France sur Presse Offset par

BRODARD & TAUPIN

GROUPE CPI

La Flèche (Sarthe).
N° d'imprimeur : 37518 – N° d'éditeur : 75770
Dépôt légal 1re publication : octobre 2006
LIBRAIRIE GÉNÉRALE FRANÇAISE – 31, rue de Fleurus – 75278 Paris cedex 06.

31/1485/7